KB110413

인디오 여인

인디오 여인

곽효환 시집

민음의 시 134

민음사

自序

늦지 않았는가.

오랫동안 그물처럼 나를 붙잡고 놓아주지 않고 있는 화두이다.

그래서 늘 두려웠다. 몇 번을 눈을 질끈 감았다 떴을 때에야 비로소 사람과 풍경의 서사가 보이기 시작했다.

이 시편들은 내 몸을 부리고 살았던 시대의 중심과 주변에 대한 비망록이다.

중심에 선 사람들, 중심에서 주변으로 혹은 주변에서 중심으로 옮겨 선 사람들, 내내 주변에 머문 사람들 그리고 내 시선이 머물렀던 곳과 사람들에 대한.

차례

길을 잃다

3월에 큰 눈이 내린 후
황새 한 무리 길을 잃었다
검고 흰 날개를 펴고
철원평야를 건너 순담계곡을 배회하다
날개를 접었다
바이칼 호가 아득하다

나도 어딘가에 길을 잃고 버려지고 싶다
아득히 잊혀지고 싶다

서사시 읽는 겨울밤

창밖 눈 가득한 겨울밤 서사시를 읽는다
지난 여름과 가을 무성했던 기억들은
어느새 까마득하고
은빛 노을이 일렁이던 샛강의 하구가 드러낸
시커먼 밑동 위로 눈 가득하다
나목들이 피워내는 흐드러진 눈꽃으로
가지가 휘청한데

서사시의 주인공들의 삶은 대개 비극이었다
사내는 일생을 방황하거나 눈멀고
몸뚱이와 마음이 피폐해진 채로 죽어갔다
더러 어렵게 고향으로 돌아가기도 했으나
환영받기보다는 의지할 곳을 찾지 못하고
비루하게 생을 마감했다
여인들은 막연한 기대 속에
외롭고 쓸쓸하게 혹은 처연하게
오늘같이 눈이 푹푹 내리는 겨울밤에
누군가를 기다리다 시들어갔다

아무도 올 것 같지 않은 밤,

누군가를 기다린다
다시 눈 내리고 또 쌓이고
작은 어촌 마을 포구의 밤은 깊은데
지난 계절에 운명처럼 혹은 스칠 듯이 지나간
그녀의 얼굴도 이름도 희미하다
—순이였던가……
어디서 개 짖는 소리가 들린다
눈 쌓인 모래톱 위로 파도가 스러진다
눈시울이 붉어진다

펑펑 쏟아지는 눈을 거침없이 삼키는 바다가
한눈에 보이는 창가에서
서사시를 읽는 밤
오지 않을 누군가를 기다리는
사·랑·이라니,
어쩌면 이 밤 나는 서정시를 읽었어야 했다
아니 그리 길지 않은 연애소설을 읽었어야 했다
책을 덮었어야 했다

거지들*

그런 눈으로 바라보지 말아요
우린 문둥이가 아니에요
거지들, 그래 거지들이라고 불러주세요
썩어 없어진 다리를 나무 받침목으로 대신하고
짧은 목발로 몽당한 몸을 지탱하지만
양지바른 날의 외출 길이에요

찌그러진 얼굴, 성난 듯한 혹은 놀란 듯한 표정은
우리의 의지가 아니에요
나도 웃을 수 있어요
아니 웃고 있어요
당신 보기엔 경악스럽고 충격일지 몰라도
내 얼굴 근육은 분명 웃고 있어요

내 몸에 붙은 버들강아지는
내 몸에 덕지덕지 붙은 버들강아지는
내 몸을 갉아먹는 병을 표지하는 주홍글씨
내 몸이 닳아지는 것은
당신 얼굴에 주름 지고 살결이 처지는 것과 다르지 않아요

아무 일 없다는 표정으로 바라보는
그 눈빛에 가득한 경계심 혹은 음습한 두려움
제발 그런 눈으로 보지 마세요
당신이 일을 마치고 귀가하듯이
저녁을 먹고 산보를 하듯이
화창한 오후 한때 시장에라도 둘러볼 요량으로
우리도 사육제에 가는 길이에요

차라리 이렇게 물어주세요
그래서 기쁘세요, 라고

* 르네상스 시대 최초의 농민 화가라고 불린 화가 피테르 브뢰헬 (Pieter Bruegel)이 1568년에 그린 그림.

저울

정의의 여신 디케는 한 손에 저울을 다른 한 손에는 칼을 치켜들고 있다. 쭉 뻗은 손끝에 쥔 천칭. 그는 줏대를 중심으로 가지런히 지른 막대 끝에 달린 저울판 한편에 올려진 죄의 무게를 가늠한다. 천으로 눈을 가린 그는 아주 오래전부터 보지 않고도 죄의 무게를 안다. 사연 없고 죄 없는 사람 있으랴 마는 정작 그의 죄를 달아줄 이가 없다.

지난 봄 이사 온 후 할부로 구입한 가스오븐레인지는 아내의 새로운 장난감이다. 한동안 부엌은 그녀의 놀이터가 되었다. 아이들이 잠든 밤이면 저울에 밀가루의 무게를 달고 설탕과 버터와 파우더의 무게를 달아 반죽을 하고 빵을 굽는다. 그녀는 결혼 후 처음으로 무엇인가에 열중하고 있다.

의사를 꿈꾸던 러시아의 한 청년은 편지를 쓰면 저울에 무게를 달곤 했다. 그는 우편요금을 넘기지 않기 위해 편지를 쓰면 저울에 얹었고 무게가 넘치면 다시 썼다. 정해진 분량 내에 이야기를 마치기를 반복하며 저울에 원고의 무게를 달던, 아르바이트로 글쓰기를 하던 청년은 훗날 러시아 단편소설을 꽃피운 안톤 체호프가 되었다.

나는 사우나탕에서 땀에 젖은 몸덩이를 숨이 넘어갈 듯이 저울 위에 얹는다.

알랭 로브그리예*

문학은 누구든 할 수 있습니다
사람들이 말하고 숨 쉬고
이야기꾼이 재담을 늘어놓듯
하지만 문학상은 아무나 받을 수 없습니다
큰 상은 지켜야 할 몇 가지 불문율이 있거든요
조금은 정치적이어야 합니다
유태인이면 더욱 좋습니다
모든 게 그렇듯이 누보로망은 그다지 중요하지 않습니다
다만 사디마조히즘은 용납할 수 없습니다
상은 선민(選民)만이 펼치는 제의식(祭儀式)과 같아서
그래서 기다리면 됩니다
경건한 마음으로
참고 기다리고 때로는 기회를 엿보고
그러다 보면
차례가 올지도 모릅니다
문학은 누구나 할 수 있지만
그렇기에 중요하기도 하고 그렇지 않기도 합니다

* Alain Robbe-Grillet. 새로운 형식의 소설 기법으로 세계문학사에 커다란 사조를 형성한 누보로망의 대표적인 프랑스 소설가. 1997년에 한국에 방문하였을 때 노벨 문학상을 받지 못한 혹은 노벨 문학상에 대한 소감을 묻는 질문에 대한 답 가운데에서.

군옥수수를 파는 인디오 여인

물 위에 세운 도시
그러나 강이 흐르지 않는 땅
이곳의 광장은 숨어 있다
대성당, 궁전 혹은 관공서 가운데 분지처럼
하오 다섯시의 광장, 줄지어 선 군인들의 국기게양식
뱀의 몸통을 문 독수리의 모습에서
호숫가에 선 선인장에서 광장은 엄숙하다
흐린 여름 하늘 아래 도시의 전설은 천천히 날개를 편다
광장의 과거를 덮은 대성당의 과거는 아스텍의 신전(神殿)
밑동을 드러내다만 발굴을 중단한 인디오의 사원
수세기를 넘나드는 좌판 시장에서
군옥수수를 파는 인디오 여인의 그늘진 얼굴
그 얼굴에 어린 어머니
그녀의 어머니는, 어머니의 어머니의 어머니
다시 그 어머니의 어머니의 어머니의 어머니는
제1의 사탕수수의 해* 무렵
뗏목을 타고 돌아온 사람 닮은 신(神)을 위해 준비된 성스러운 처녀**
아니 열한 척의 배를 타고 건너온 말을 탄 정복자의 정부(情婦)

그녀가 몸을 섞을 때마다
해가 다시 뜨고 하얀 전설이 들썩이고
그녀의 산통(産痛)을 따라 북이 울리고 피가 흘렀다
그리고 모든 것이 무너지고 또 모든 것이 새로이 세워졌다
하여 그녀는 인디오의 첫 번째 어머니
사라진 문명의 광장을 따라 흘러가는 얼굴들
새로운 문명의 광장을 따라 모여드는 사람들

어머니의 기다림은 새로운 태양의 시대
뗏목을 타고 떠난 케찰코아틀의 귀환
해가 뜨는 동쪽 바다를 건너 백마 타고 온
수염 기른 하얀 성인을 맞은 그날은 슬픈 첫날밤
그 밤, 갓 초경을 치른 스무 명 성녀의 몸은
정복자의 욕망의 배출구가 되고
인디오의 왕은 동족이 던진 돌에 맞아 죽어갔다
그녀의 별자리는 불운과 투쟁
그녀의 운명은 제5의 태양의 시대를 내린 증인
성욕(性慾)과 언어(言語)의 중개자
동족을 등진 첫 번째 여인

정복자의 자식을 낳은 첫 번째 어머니
그 아들은 첫 번째 메스티소, 첫 번째 혼혈 아메리카인
그리고 사라진 제국의 마지막 사생아
정복자의 언어로 삶과 죽음을 넘나든 절망과 희망을 낳은 어머니
이제 그녀는 없다
텅 빈 광장에 버려진 첫 번째 인디오의 순혈은 없다
광장은 어머니를 모른다

* 고대 아스텍문명의 신 케찰코아틀이 귀환을 예언한 해. 메소아메리카 신화에서 인류에 삶을 부여해 주는 사람 닮은 신(神)으로 통상 깃털 달린 뱀을 지칭한다. 악의 신들의 시샘으로 여동생과 근친상간을 저지르고 수치심에 못이겨 뱀으로 만든 뗏목을 타고 떠나며 세 아카틀(Ce Acatl, 아스텍력으로 제1의 사탕수수의 해)에 돌아오겠다고 약속하고 동쪽 바다로 떠났다고 한다.

** 말린체. 본명은 말린친. 1519년 스페인의 정복자 코르테스가 지금의 멕시코에 원정 왔을 때 그것을 인디오 전설에 의한 신의 귀환이라고 믿은 아스텍족의 왕 목테수마가 예의 표시로 보낸 스무 명의 인디오 처녀 가운데 한 명으로 코르테스의 애인이자 통역 역할을 했다. 인디오와 스페인의 피가 섞인 첫 번째 메스티소의 어머니라는 상징성을 갖는다.

헤밍웨이를 닮은 사람들

아르메스 광장을 가로질러 그가 묵었다는 스페인풍의 암보스 문도스(Ambos Mundos) 호텔 앞에서 만난 흑인 사내는 내가 그를 닮았다며 말을 겁니다. 끈질기게 시가를 사라고 따라붙던 사내는 그가 즐겨 다니던 플로리디타(Floridita) 카페에 들어서서야 자취를 감추었습니다. 노래하고 기타를 치는 주름 진 노악사들의 얼굴이 환하게 피었습니다. 일행을 에워싸고 관타나메라를 열창하는 그들의 모습에 「부에나비스타 소셜클럽」에 나오는 늙은 뮤지션의 얼굴이 겹쳐지고 그들과 뒤섞여 지낸 시가를 입에 문 허연 구레나룻의 백인 사내가 한켠에 앉아 빙긋이 웃습니다. 럼주 칵테일 다이키리*를 나르는 초로의 웨이터는 콜라를 시킨 나에게 덩치 큰 아기라고 농을 건넵니다. 창밖엔 코코넛 나무를 닮은 코코택시에 걸터앉은 젊은 사내가 열심히 누군가를 찾습니다. 두리번거리는 그의 눈동자에 수많은 사람들이 오고 또 갑니다. 말레콘 도로를 따라 난 바닷가 작은 마을의 텅 빈 레스토랑에는 그의 사진이 벽에 가득합니다. 이곳이 그의 삶의 무대였노라고.

이곳에서 만난 사람들 아니 이곳의 사람들은 하나같이 누군가를 닮았습니다.

* Daiquiri. 럼주와 쿠베이라는 앵두 술, 레몬 주스에 잘게 부순 얼음을 넣고 흔들어 만드는 칵테일로 헤밍웨이가 즐겨 마셨다.

쿠바 리브레

체온을 웃도는 낮 더위가 스러지는 듯하더니
아바나 만(灣)이 붉게 물들면서 어둠이 흩어진다
훈훈한 6월의 바닷바람이 부르는
회색 어둠을 타고 오는 저녁 무렵의 진한 목마름
말레콘 거리*를 물들인 흑백의 젊은이들은
도로 위의 차선마다 줄을 지어 서서 어디론가 어디론가
가려 한다
내가 묶은 숙소는 아바나 리브레 호텔
맨 처음 마신 술은 쿠바 리브레**
맨 처음 만난 쿠바인들은 자유롭다고 했다
그들은 모든 것으로부터 자유롭다고 했다
나는 자유롭고 싶다고 들었다
자유로운 아바나에서 자유로운 쿠바를 마시고 자유를
누리는
그들의 깊은 곳으로부터 묻어나는 절망
산타마리아 해변에서 만난 집단으로 살사를 추는 무희들
호텔 앞 술집에서 만난 흑백의 처녀들
더듬더듬 이어지는 그녀의 서툰 몸짓 섞인 말에서
거친 손길에서 전해 오는 슬프고 쓸쓸한 기쁨
그것은 쿠바의 자유

나는 그녀를 사고 싶다
그녀의 자유를 사고 싶다
나와 다른 그네의 행복의 감각을 사고 싶다

* 말레콘(Malecón)은 방파제를 의미하는데 방파제를 따라 구(舊)아바나와 신(新)아바나를 잇는 도로로 쿠바의 대표적인 젊은이들의 거리이다.

** Cuba Libre. 럼주에 콜라를 섞은 쿠바의 가장 대중적인 칵테일.

나는 기쁘다

*I'm glad I'm back**

애리조나주립대학 아트뮤지엄. 행사 때까지 남은 시간이 멀리 가기는 부족하고 숙소에 있기는 아까운 어중간함 때문에 찾아간 곳이야. 피라미드 양식의 건물에 지상에서 지하로만 이어지는 통로 그리고 입구에 인디언 사내가 인디언 여성의 시신을 안고 절규하는 피에타**를 패러디한 조각상이 새롭기도 하고 유치하기도 한. 누군가 인디언 여성은 대지의 여신을 상징하는 것이라고 했어. 죽어가는 혹은 죽은 여신…… (그래 하지만 그건 내게 중요치 않아) 그럴 수밖에 없었겠지만 뮤지엄은 예상했던 대로 현대미술품 전시관이었어. 그냥 일별해 나아가는데 한 섬뜩한 그림 앞에서 움직일 수 없었어. 죽은 시체가 해골의 모습으로 관을 열고 죽음의 동굴에서 장막을 걷고 세상을 향해 나가는 거야. 그림 밑 캡션은 'I'm glad I'm back' 독일 태생 화가 조지 그로스가 1943년에 그린 그림이라더군.

정말 그는 기뻤을까.

죽어서도 돌아온 그는

그래서 행복하게 살았을까.

13일 동안 6번 비행기를 탔는데 번번이 내가 집중 몸수색 대상이 되었어. 내가 말하려는 건 몸수색이 아니야. 그들의 굳은 얼굴이야. 초등학교 시절 현충일과 6.25 사이에 느끼곤 했던 비장한 단호한 그러나 절망적인 얼굴.

돌아와서

나

는

기

쁘

다

그곳으로부터

* 애리조나주립대 아트뮤지엄에 있는 그림. 화가 조지 그로스(George Grosz, 1893 - 1959)는 독일 베를린에서 태어났으며 사회의 부정과 속임수, 추악한 인간의 욕망 등을 예리하게 풍자하였으며 1차 세계대전 후 표현주의에 반동으로 일어난 신즉물주의(新卽物主義)의 대표자로 꼽힌다. 1932년 미국으로 건너갔다.

** 이탈리아어로 경건한 동정(同情)이라는 뜻. 미술에서 성모 마리아가 죽은 예수의 시신을 무릎에 안은 구도를 가리킨다.

테오티우아칸* 가는 길

사람들도 신들도 사라진 분지
문명의 기억을 찾아가는 길
인디오의 신들이 이룬
고대 도시로 가는 길목을 지키는
길에 서린 엄숙함
끝없이 펼쳐지는 하여 장엄한
빈민가, 그 거리의 아이들
산체스의 아이들** 루이스의 딸들
다시 그 아이들이 나고 자라는 도시 빈민의 숲
그 거대한 숲의 노래는 아련하고 비장한 단조(短調)
침묵하는 숲의 사람들과 내가 함께 나누는 꿈은
천오백 년 전 테오티우아칸인들의 전설
어느 날 흔적도 없이 사라지는 것
이 길 끝에 그냥 그렇게 이름 없이 말없이 사라진
이들을 위해 피라미드 닮은 작은 무덤 하나 있었으면

* Teotihuacán. 멕시코시티에서 북동쪽으로 50킬로미터가량 떨어진 계곡에 세워진 고대 인디오의 도시. '신들의 도시'라는 뜻이며 기원전 2세기경 세워져 절정기에는 20만 명이 모여 산 대규모 도시로 추정된다. 7세기경 이곳 사람들은 흔적도 없이 사라졌다.

** 멕시코 빈민가의 한 가족의 삶과 애환을 그린 오스카 루이스의 소설. 영화로도 만들어졌다.

그들에게 그리고 우리 아이들에게
희망을 줄 수 있었으면
아니 무엇이든 줄 수만 있다면

황량한 벌판 위의 성당

우슈말에 가시거든 이곳에 들르셔야 합니다. 멕시코 남부의 주도 메리다에서 남서쪽으로 다시 이백여 리. 한없이 펼쳐지는 정글의 한가운데 마야문명이 삼백 년에 걸쳐 이룬 도시의 대역사(大役事) 우슈말은 분명 장관입니다. 제비 떼와 모기 떼가 낮밤을 교대하고 밤이면 레이저 쇼를 통해 마야인의 사랑과 전설을 얘기하는 매혹의 고도시(古都市). 이곳을 보시거든 혹은 보시기 전에 꼭 한번은 가보셔야 할 곳이 있습니다.

우슈말에서 십여 킬로미터 떨어진 작은 마을 언덕에 커다란 성당이 있습니다. 16세기 말 찬란한 스페인 제국이 들어와 지었다는 이 성당을 처음 볼 때 거대한 창고인 줄 알았지요. 아니 작은 형무소를 보는 줄 알았지요. 성당 지하에서 발견된 유골을 전시하고 있는 부속 건물의 작은 뮤지엄을 지키는 인디오 사내가 이곳이 원래는 마야의 신전(神殿)이었다고 하네요. 석조 신전을 부수고 그 돌로 그 위에 지은 제국의 성당. 아무리 다시 보아도 창고 같고 감옥 같은. 일행이 성당지기 노인을 따라 망루에 오르고 종도 치는 동안 문밖에 쭈그리고 앉아 날벌레와 씨름하며 왜 이렇게 날씨는 덥냐고 한참을 투덜댔어요. 돌부리가 골라지지 않은 성당 옆 공터엔 아이들 몇몇이 공을

차고 그리고 한참을 더 기다려도 아무도 오지 않는.

우슈말에 가시거든 이 쓸쓸하고 황량한 벌판 위의 지워지지 않는 그늘, 그 그늘의 성스러움을 꼭 보셔야 합니다.

맨발의 천사

물이 흐르지도 고이지도 않는 땅, 유카탄 반도. 죽은 마야문명의 고도(古都) 치첸이차에서 멀지 않은 치눕마을에 들렀을 때입니다. 땅속으로 물이 흐르고 흘러 형성된 커다란 우물 혹은 샘물 이슈케켄 세노테*. 돼지가 빠진 우물, 아주 오래된 그러나 특별한 우물에서 맨 처음 일행을 맞은 이들은 마야어를 쓰는 유아기를 갓 벗어난 듯한 어린아이들 한 무리였어요. 개중 다섯 살 남짓 되어 보이는 커다란 눈동자에 그늘이 가득한 얼굴을 한 맨발의 어린 소녀가 끈질기게 따릅니다. 구겨진 그림엽서 한 장을 들고 금방이라도 울 듯한 너무도 애절한 목소리로 '텐 페소 플리즈, 텐 페소……' 잠시 머뭇거리던 최승호 시인이 어린아이의 손에 1달러를 쥐어줍니다. 잠시 후 그 슬픈 표정의 아이와 사진을 남기고 싶어서 두리번거리는데 아이의 손에는 벌써 코카콜라 캔 두개와 동전 몇 닢이 쥐어져 있습니다.

카메라앵글에 담은 나란히 앉은 시인과 소녀의 얼굴에는 어느새 그늘이 사라지고 없습니다.

* 마야어로 이슈케켄은 돼지를, 세노테는 우물을 의미한다. 사라진 돼지를 찾다가 발견한 마야의 우물 이름이다.

모스크바의 택시 운전사

모스크바에서의 첫날

낡은 시외버스 터미널 같은 공항에서 엑센트 승용차로 코스모스 호텔에 여장을 풀었어요. 시내 구경 삼아 모스크바에서 가장 높다는 모스크바 대학 앞 참새언덕에 들렀다가 러시아 식 식당을 찾아갔지요.

러시아엔 택시가 없어요 아니 흔치 않아요.

그래서 길에 서서 손을 들면 어디선가 금방이라도 곧 멈춰 설 것 같은 낡은 승용차가 멈춰 서지요. 우리 식으로 말하자면 나라시 영업이지요. 손과 몸을 동원해 한참 요금을 흥정하고 젊은 사내가 운전하는 낡은 승용 택시에 올라 손과 몸이 섞인 만국공통어로 얘기를 나누는데 불쑥 그가 묻더군요. 러시아 여자가 예쁘지 않으냐고. 원하면 같이 태워줄 수 있다고.

그래서 빙그레 웃어주었지요.

내 마음엔 벌써 태웠다고.

상트페테르부르크로 가는 붉은 화살*

모스크바에서 상트페테르부르크로 가는 야간열차는 밤 11시 55분, 57분, 59분에 떠난다. 레닌그라드 역에서 모스크바 역으로 가는 밤 기차는 러시아 사회주의의 오랜 온정이다. 5분 혹은 1분 차이로 이틀분 출장비를 보장해 주는.

모스크바에는 굵은 비가 내리고
11시 59분발 붉은 화살은 발트 해를 향한 철길을 따라
프리발티스카야**로 내달렸다
몸을 뒤척일 때마다 밀려드는 피로에
비좁은 4인승 침대칸의 어두움은 들썩이고
지워질 것 같지 않은 얼굴들이
차창 밖 불빛을 따라 흘러갔다

아르바트 거리에서 만난 레닌 분장을 한 사내
구성지게 바이올린을 켜던 거리의 소녀 악사
초여름에 털모자를 들고 호객하는 청년들
호텔 로비에서 만난 몸 파는 젊은 여인들
폐차 직전의 승용차로 택시 영업을 하는 운전수들,
격류의 시대를 사는 사람들 하여 기회의 시간을 사는

사람들
그들은 한결같이 이곳에선 예정대로 되지 않아도 이해하라고 했다

짧은 여름밤을 관통한 환한 햇살 한 줌이
예정대로 되지 않는 것들과 잊혀지지 않는 것들을
떨쳐내라고 다 떨쳐내라고 등을 떠밀고
페테르부·르·크·는 독일 식이라며 레닌그·라·드·라고
불러달라던 새벽녘 복도에서 만난 러시아 사내에게서
타다만 생나무 냄새가 났다
아침 8시, 모스크바를 떠난 붉은 화살은 모스크바 역에 도착했다

* 모스크바에서 상트페테르부르크로 가는 기차 편 이름. 러시아에서는 최종 도착지의 지명을 역명으로 사용한다.
** 발트 해 근처라는 뜻의 러시아어.

텔레그라프에서 만난 사람 1

인디언 서머,
10월에도 낮기온이 30도를 웃도는 더위는
인디언 탓이었다

텔레그라프 애비뉴*
이 거리는 최소한의 인간의 모습을 하고 있다고 했어. 대학 남문에서부터 한참동안 이어지는 거리는 노점 그리고 거리의 악사, 중고 서점, 레코드 가게, 카페들이 촘촘히 어우러져 있었지. 이곳에서 노점은 누구나 할 수 있지만 반드시 세금을 내야 하고 한번 이상의 수작업을 거친 상품만을 팔 수 있다고 누군가 얘기하더군.
내 걸음은 한 노점 앞에서 멈추어 섰지. 좌판을 벌여놓고 여러 종류의 스티커와 포스터를 파는 노점이었어. 테러범이자 살인자인 '오사마 부시 라덴'을 현상 수배한다는 문구와 함께 빈 라덴의 사진에 부시 대통령의 얼굴을 합성한 포스터에 눈길을 뗄 수가 없더군. 백발의 긴 머리를 쓸어 뒤로 묶은 50대 백인 히피. 그는 오사마 빈 라덴을 단죄한다는 미명 아래 아프간을 폭격하고 무고한 사람들을 죽인 자야말로 테러범이고 살인자라고 열심히 설명을 하더라고. 12불을 주고 포스터를 사 들고 그와 함께 사진을 찍었지. 내가 물었어. 사진의 부시가 두른 터번 한 가운데 '76'과 'ENRON' 마크가 무슨 의미냐고. 부시 정권의 자금 파이프 역할을 하는 부정한 기업들이라더군. 청바지 위에 검은 티셔츠를 두른 그의 가슴에는 'ILLEGAL'이라고 쓰여 있었어. 그래 분명 불법적이야. 거리의 노점, 불온한 포스터, 그것을 산 나 그리고 부시. 이들 중 한 사람은 혹은 모두는 분명.

몇 걸음 뒤에는 사지 멀쩡한 젊은 거지가 구걸을 하고 있었어. 그의 앞에는 '나를 욕해라. 그리고 돈을 던져라'는 표지가 세워져 있었지. 나는 욕하지 않았어. 물론 돈도 던지지 않았지.

9월 11일, 아직도 지난해밖에 안됐던가, 뉴욕의 무역센터 트윈타워가 그라운드 제로로 사라진 그날. 나는 탄생 100주년을 맞는 6인의 작가들을 기념하는 문학제를 준비하고 있었지.

'근대문학, 갈림길에 선 작가들'

그래 그날 이후 우리는 아니 그들은 그리고 다른 그들은 분명 갈림길에 선 거야. 어쩌면 영영 돌아오지 못할. 그날 이후 그들에겐 테러 이전과 테러 이후만이 존재한다고 했어. 아무도 비난하지 않았지. 아니 할 수 없었는지도 몰라. 분명한 건 서로 다른 이들이 서로 다른 적개심을 품었고 동시에 같은 애국심에 불탔다는 거야.

며칠후 상장(喪章)처럼 검은 제호 아래
피로 얼룩진 사진을 실은 신문을 보았어
인도네시아 발리에서, 필리핀 남부에서 폭탄이 터졌다고
미국 워싱턴 시티 일원에서는 얼굴 없는 저격이 10건 이상 이어졌다고
오늘은 슈퍼마켓을 나오던 FBI 출신 여인이 총에 맞았다고
모스크바에서는 뮤지컬을 공연하는 문화궁전을 점거한 이들이
관객을 인질로 잡고 체첸의 독립을 부르짖었다고
젊은 여성 1명이 사살되었다고
인질이 5백 명이 넘는다고 아니 어쩌면 1천 명이 넘는다고
외신들은 신문은 방송은 숨 가쁘게 텔레그라프를 쏟아내고 있어

숨이 가쁘다고?
미국의 연쇄 저격범 용의자들이 잡히고
모스크바에서는 피 한 방울 흘리지 않고
반군들을, 관객들을 함께 영영 잠재웠는데
생화학 가스로
(죽은 이들에게는 유감이지만 가스의 종류는 말할 수 없대잖아)
그래도 숨이 가쁘다고?
테러가 진압됐는데도 아직도 숨이 가쁘다고?

* 버클리 대학 남문에서 이어지는 대학가로 1960년대 반전시위와 진보와 자유의 상징으로 유명해졌다.

텔레그라프에서 만난 사람 2

베이, 베이 에이리어, 그들은
그렇게 보통명사를 고유명사로 불렀다
짠물이었으나 갯내음이 나지 않았고
마리나 해변에서 만난 택시 운전사는
영어를 알아듣지 못했다
터번을 두른 인도 사내
그는 당당했고
나는 몇 번씩이나 간절한 목소리로
'잭 런던 스퀘어'를 반복해야 했다

1904년 그는 종군기자로 조선반도에 와서 「황야의 절규」를 낭독했다

나는 오늘 미국 서부를 돌며 한국문학작품을 읽고 있다

우리의 '처음이자 마지막'은 이렇게 100년의 시차를 두고 있다

잭 런던*

어머니는 점성술사였고 의붓아버지의 성(姓)이 런던이었다

유년의 삶은 고단했고 클론다이크 금광에서는 끝내

병만 얻었다
스무 살이 넘어 문학을 알았고 『강철군화』로 유명해졌지만
마흔 살에 분수에 넘는 현실의 명예와 금전으로 갈등하다 자살하였다
삶이 소설이었다

어둠이 내린 광장에 홀로 선 동상
흐트러진 머리 구겨진 옷차림
그는 죽어서도 피로한 표정으로 사람들과 눈을 맞추고 있다
부두에 닻을 내린 범선이 가볍게 출렁이고
갈매기들은 낯선 이들에게 눈길조차 주지 않았다
관광 안내서에서 본 'First and Last Chance Saloon' 앞에는
정복 차림의 흑인 경관이 그를 지키고
군집한 잭 런던 카페, 레스토랑 네온사인들은
여기가 그의 무대였다고 아직도 그가 이렇게 살아 있다고 번쩍거렸다

그날 밤 폭스 TV 뉴스는
2주가 넘게 지속되는 부두 노동자의 파업에
특단의 개입이 검토되고 있다고 했다
　그는 누구의 편이었을까
　강철같이 단련된 노동자 아니면
　그들을 강철같이 단련시킨 자본주의

반스 앤 노블 서점 분수대 앞에서
일행은 새로 산 디지털카메라 덮개를 찾아 헤맸고
청소부는 가을밤의 흩어진 잔해들을 쓸어 담았다
바람을 따라 새들의 영혼이 흔들리고 있었다

* Jack London. 미국 샌프란시스코 태생 작가. 공업도시 오클랜드를 무대로 폭력, 적자생존, 바다표범잡이 배의 선장 등의 삶을 그린 작품을 남겼으며 자본주의 독점으로 인한 파쇼화를 그린 미래소설 『강철군화』로 이름을 떨쳤다.

텔레그라프에서 만난 사람 3

이민 18년
한 번도 이사한 적이 없고
직업을 바꾼 적도 없고
일요일이면 교회에 빠진 적도 없었다
그래서 어렵지 않게 영주권을 얻었고
얼마 전 그의 아내는 작은 음식점을 냈다
큰아이는 UCLA에 작은아이는 버클리 대학에 다닌다고
했다
그는 이렇게 작지만 열심히 살았다

그런데 왜 나는 이런 삶에 감동을 느끼지 못하는 걸까

상식의 두 얼굴

—노보데비치 수도원 묘지에서

모스크바 동편의 노보데비치 수도원 묘지를 방문했을 때 일입니다. 내일이면 떠나는 아쉬움 대신 수도원 묘지를 빙빙 둘러보았지요. 체호프의 묘지 앞에서 번갈아 사진을 찍고 고골리와 마야코프스키의 묘를 둘러보고 흐루시초프의 묘 앞에서 잠시 멈추어 섰을 때입니다. 일주일 여를 함께한 고려인 노(老)교수는 헤어지기 전 뭔가 하고픈 말이 있나 봅니다. 내내 옆을 서성이던 그가 어렵게 말을 건넵니다. 모스크바의 상식은 전혀 예상치 못한 곳에서 깨지기도 하고 뜻하지 않은 곳에서 지켜지기도 한다고.

크라스나야 플로샤지, 모스크바 붉은 광장의 원뜻은 아름다운 광장이라고. 그네들이 가장 아름답다고 생각하는 붉은 자주색을 가리키는, 아름다운 혹은 아름답게 붉은 광장이라는 이 말은 러시아 공산혁명과 함께 붉은 혁명의 상징이 되었다나요.

함흥 출신인 그의 청년기 유학 시절, 흐루시초프가 집권 후 스탈린 격하 운동이 벌어졌답니다. 이 무렵 유학생 몇몇이 모여 이런 흐름에 견주어 북쪽 조국의 지도자가 우상화되는 것을 우려하는 모의였는지, 모임이었는지가 있었는데. 소문이 전해지고 커지며 북의 조국은 이들의 소환을 소련 정부에 강력히 요청했대요. 소련 당국자는 고심 끝에 이를 흐루시초프에 보고했는데 그가 이렇게 말했대요. 이제 소련도 국제법을 지킬 때가 되었다고. 청년들은 한동안 중앙아시아에서 유배성 유학 생활을 하는 것으로 소환은 면했다나요. 그리고 40여 년, 그날 밤 '모의'에 참석한 이들 가운데 유일한 생존자로 남은 그는 국립 고리키세계문학연구소의 유일한 한국인 교수이자 최고참급 연구원이 되어 있습니다. 칠순이 넘도록 일생을 바친 직장에서 받는 그의 월급은 4천 루블, 우리 돈으로 16만원이 조금 안 된다네요.

백야

오스트로프스키 광장이라고도 부르는 상트페테르부르크 중앙 공원에 들렀을 때입니다. 노인들이 둘러앉아 번갈아 계시기를 눌러대며 체스에 열중하고 더러는 책을 보고 더러는 산책하는. 공원 중앙에는 유럽을 닮고자 한 인공 섬 도시의 황금기에 군림했다는 예카테리나 2세의 동상이 우뚝 서 있습니다. 그녀의 발밑을 에워싼 여러 신하들의 표정에 잠시 한눈을 파는데 누군가 공원 입구에 거리의 화가들이 있고 게 중엔 탈북 화가도 있다고 일행을 이끌었지요. 6월에도 추운지 때 낀 두터운 군용 점퍼를 두른 사내. 수인사를 나누고 의례적인 말을 건네고 나니(구경을 끝내고 나니) 이내 할말이 없어 분위기가 어색해졌지요. 그때 누군가 길 건너 소년궁전 앞에 거리의 차력을 보자기에 발길을 돌렸지요. 그렇게 그를 등지고 몇 걸음 옮기는데 노교수 한 분이 슬며시 다가가 지폐 몇 장을 그의 손에 쥐어 줍니다. 손사래 치는 화가의 손을 꼭 붙잡고 아무 말 없이 그렇게 잠시 서 있다가 총총히 발걸음을 옮깁니다.

그날 밤, 알렉산드르 극장에서 「백조의 호수」를 보는 내내 낮에 만난 얼굴 때문에 머릿속이 하얗습니다. 괜히 동행한 이에게 발레에는 왜 흑인 무용수가 없냐고 객담을 늘어놓았습니다. 공연이 끝나고 사람들이 몰려 나가는 거리는 자정이 가까운데도 대낮처럼 환한 백야입니다. 그는 아직 그곳에 있을까요.

그녀와 함께 중세로 가면

—벽화 속 고양이 1

그녀는 고전주의자(古典主義者)이다
좀처럼 웃지 않는
절제된 근엄한 표정
육화되지 않은 몸짓
—나는 그녀를 형식주의자라고 부르지 않는다

루브르,
루브르에서
그녀는
웃고 다시 웃고 때로는 웃으시고
하여 비로소 빛을 발한다
그녀와 함께 중세(中世)로 가면
토마스 아퀴나스, 아우구스티누스, 스콜라 철학, 교부 철학
모두가 낯설지 않다
회갈색 벽화 한 귀퉁이에 자리 잡은
벽안(碧眼)의 고양이는 갈기를 세워 어슬렁거리고
그녀는 납옷을 입고 태양을 향해
날고 다시 날고 혹은 날고자 하시고

이곳에서는
시도 사랑도 미학도 의지와 노력의 지배를 받는다

불러다오

―벽화 속 고양이 2

나는 고립되어 있다
온몸을 꿰뚫듯 내리쬐는
서슬 퍼런 가을 햇살 아래
나의 몸은 굳어 있고
영혼은 갇혀 있다
불러다오 제발
불러다오
화석화된
수백 년의 시간에서

한 친구는
한 해하고 두 계절이 지나도록 소식이 없고
다른 친구는
햇볕이 수상쩍다며 몇 달째 술에 절어 있다
그들은, 나는
방치되어 있다

불러다오
이 지긋지긋한 화창한 가을날들로부터

그리움의 내력

—벽화 속 고양이 3

아무도 말해 주지 않았다
그리움의 내력을

눈을 감으면
나는 가을이다
낡은 영혼이 갈아입은 옷은
온통 젖어 있고
숨 쉴 때마다
나는
흐린 가을하늘이다

그녀가 말했다
아우구스티누스가 아니라
벽화 속의 그녀다
—내 불안한 마음도
　당신 안에서만은 휴식을 취합니다

지우개

—벽화 속 고양이 4

동참하세요
외로움에
참을 수 없는
잃어버린 것에 대해
떠나버린 것에 대해
집착하는 것에 대해
그리고 숨 쉴 때마다
길을 걸을 때마다
눈을 감고 뜰 때마다
떠오르는 모든 것들에 대하여
잊어버리세요

백두고원

1

그 여름의 절정이었다
백두고원, 거기서 끝이었어도 좋았다
칠흑의 새벽을 가르는 칼날바람을 타고
천지는 신비를 벗고 검푸른 남색 얼굴을 드러내고
무두봉 너머 펼쳐진 장엄한 운해를 뚫고 오르는 해
보름을 막 지난 새벽달은 수줍어
그를 맞는 게 더없이 수줍어 마주 서서 얼굴을 흐리고
멀리 소백산 포태산으로 가없이 펼쳐진 백두고원에서
침엽수림의 진한 초록의 푸르름을 숨 쉬는
통일을 염원하는 아니 통일을 여는 그 새벽
우린 사슴이 되고 곰이 되고 산양이 되고 살쾡이가 되고
또 호랑이가 되어 달렸다
베개봉을 뛰어넘어 삼지연에서 맑은 물을 마시고
거침없이 백두폭포를 거슬러 올라
이깔나무 가문비나무 분비나무 가득한 밀영계곡을
날리고 또 뛰어올랐다
장군봉과 향도봉이 하늘을 떠받친 개활지에서
통일되어 다시 이곳에서 만나자던
그 새벽의 의연한 아름다움

그 새벽의 장엄한 서사
그 새벽에 펼쳐진 빛의 협연
거기서 끝이어도 좋았다
백두대간의 시원
산맥이 시작되고
압록강과 두만강을 가르고
광활한 북방 대륙을 꿈꾸는
그곳에서 통일을 보았다
분단과 시간의 벽을 넘어선
새로운 시작의 서곡을 목 놓아 불렀다
다시 시작이었다
본래 하나였듯이 다시 하나였고 하나가 되었다
분명 하나였고 시작이었고 통일이었다

2

이제 다시 남쪽 서울의 변두리에 돌아온
감동은 아득하다
기억마저도 이렇게 쉽게 희미해져 간다
퍼렇게 시퍼렇게 두 눈을 가슴을 온몸을 물들인
그 여름 백두고원의 함성

길을 따라 나란히 난 고원의 협궤 철로
빽빽이 들어선 가문비나무들이 이룬 신성한 숲의 바다
한여름에도 얼음장같이 흐르는 소백수 개울
혹한을 뚫고 꽃봉오리를 밀어 올리는 만병초
자작나무를 닮은 하얀 얼굴의 봇나무
키 작은 들쭉나무들
잘 가시라 다시 만나자던 제복의 여인들
삼지연공항 마당에 그림을 펼쳐놓고 서성이던 사내들
차창 밖의 아이들 그 가는 손들
그리고 가슴에 담아온 풍경들

하여 나는 다시 노래해야 한다
사랑을 기억을 희망을 그리고 절망을 딛는
감정과 감정이
신념과 신념이
언어와 언어가 부딪치고
산산이 부서져 내리는
그 아픔을 딛고 부르는 지워지지 않는 노래를
하여 천둥처럼 엉엉 울면서도 일어서 다시 가야 한다
이것이 나의 애린이다

재북인사묘역*

평양 외곽 용궁리 재북인사묘역에 방문했을 때입니다. 고려 인종 때 서경 천도의 왕궁터로 대화궁(大花宮)이 지어지기도 했다는 이곳에 '수령님'의 유훈에 따라 묘 없는 재북인사들을 위한 묘역이 조성되고 우여곡절을 거쳐 남쪽 인사들에게 처음 공개되었다지요. 안재홍 정인보의 묘비 앞에서 부산할 때 강원도 정선서 제헌의회 의원에 당선되었었다는 최태규 옹이 나타났습니다. 85세 된 옹은 지금은 재북평화통일촉진협의회 상무위원으로 처와 자녀, 여섯 식구가 평양서 행복하게 살고 있다며 말문을 열었습니다. 옹이 묘역에 안치된 몇몇 인사들에 대한 기억을 차례로 짚어 나갈 무렵 일행의 관심은 서너 줄 뒤에 있는 춘원 이광수에 모아졌지요.

춘원은 1950년 9월 18일 서울서 출발해 10월 20일 평양에 도착했고 폐결핵이 악화되어 만포의 병원으로 후송되던 중 차 안에서 작고했다네요. 평양에 온 지 닷새 만에. 옹은 가야마 미쓰오(香山光郎)의 친일 행적을 용서할 수 없어 그를 대상 인물에서 제외했는데 '위대한 장군님'께서 친히 북으로 온 것만으로도 과거를 반성한 것이라며 공화국은 과거의 과오도 용서하고 품는다고 했다네요. 이어 옹은 그가 조금 더 살았으면 북의 조국을 위해 큰 활

동을 했을 것이라고 안타까워했지요. 묘역을 뒤로하고 나서며 나는 그가 거기서 세상을 떠난 것이 참으로 다행이라고 생각했습니다.

나무 그늘 하나 없는 한여름 뙤약볕 아래 얼굴만 벌겋게 그을렸습니다.

* 평양 외곽 용성 구역 용궁 1동에 납북되거나 월북한 남측의 유명 인사 62명의 유해를 안치한 1,500평방미터 규모의 묘역. 2003년 말부터 조성하였으며 민족작가대회 때 처음으로 남측 인사들에게 공개했다.

굴뚝 위에 둥지

까마득한 굴뚝 위에
새들이 둥지를 틀었다
굴뚝새인가 했더니
지빠귀인가 했더니
검은 부리 황새 한 가족
지푸라기로 얼기설기 엮어
하늘 위에 집을 지었다

바이칼 호를 건너
초원과 사막을 지나와
거친 겨울을 나고
메마른 바람 불어불어
어느새 축축한 여름이 왔는데
그네들은 떠날 줄 모르고
기억은 아득하다

수많은 경계와 경계를 넘나드는
수천 킬로미터의 반복되는 여정에서
그들은 벗어나고 싶은가 보다
둥지를 틀고 겨울을 난

황새는 이제 머물고 싶은 게다
텃새가 되고 싶은 게다

날개를 접고 잠시 쉬다가
문득 일상의 굴레에서
벗어나고 싶어진 것이다

물 길러 가는 길

토요일 오후 낡은 배낭을 내어 물통을 담는다. 주둥이를 잔뜩 벌리고 18리터들이 플라스틱 물통 한 개 그리고 1.5리터들이 음료수 페트병 세 개. 가능한 한 많은 물통을 지고 산자락의 약수터를 지나 턱 밑까지 차오르는 숨을 가쁘게 내뱉으며 능선 밑까지 오르는 물 길러 가는 길. 나는 이 길에서 산 17번지 기억을 되찾는다. 지금은 대림 극동 현대 아파트로 빽빽이 들어찬 사당동 산 17번지. 78년은 몰락한 소시민의 피난처이자 안식처. 거듭되는 사업 실패로 추락한 아버지의 종착지였고 어머니가 가출한 결손가정이 있었고 물 한 지게에 백오십 원을 받는 물지기 할머니가 있었고 물 지기 할머니의 폐업 이후 대신 물지게를 지고 매일 한 번씩 산 위에서 산 아래까지 물지게를 지고 오르내리던 유난히 어깨가 좁은 누이와 내가 있었다. 산에서 산 밑으로 작고 통통한 십삼 세 소년의 물 길러 가는 길은 그 동네 또래들의 방과후 첫 일과. 숙제보다 더 중요한 삶으로 가는 길.

그때는 산 위에서 산 밑으로
오늘은 산 밑에서 산 정상으로
나는 물 길러 간다

물 길러 가는 길의 명상
지금 나는
전환,
전환이 필요하다
상상력의 전환 사람의 전이
사람의 전환 상상력의 전이
나는 물 길러 간다

산

내 마음의 중심을 가로질러
내 마음의 봉우리를 따라
작은 길이 났습니다
여기서부터 사랑이라고
경계를 넘어 희망을 찾는 길이라고

뒷산에서 길을 잃다

우습지 않은가
뒷산에서 길을 잃다니
눈 아래로 낯익은 얼굴들이 빤히 보이는데
한 달에 몇 번씩 오르는 뒷산에서
물통을 두고 온 약수터를 찾지 못해
두 시간씩 세 시간씩 오르내리는 꼴이라니
더 우스운 사실은
그곳에서 만난 사람 누구도
길을 모르더라는 사실이지
—그냥 길을 따라 걷고 있을 뿐이더라구
약수터에 두고 온 때 낀 물통만 아니었다면
그들처럼 그냥 길을 따라 걸으련만
차마 손 타고 물때 낀 물통을 포기할 순 없더군

자네도 길을 잃어보게
뒷산에서 길을 잃었다고 말할 수 있는지
약수터에 두고 온 물통을 포기할 수 있는지
우습지 않은가
뒷산에서 길을 잃다니

다시 무건리(無巾里)에서

—장대송 형(兄)에게

해가 기울면서부터
무건리의 밤은 시작된다
한 올 한 올 내리는 서리를 따라
칠흑의 어둠이 뒤덮은 거대한 숲
불쑥 하얀 얼굴을 내민 자작나무는
바람을 타고 노래한다
침묵(沈默)의 노래

백두대간 허리춤에 둥지 튼
산간 마을의 밤은 깊고
항아리 같은 하늘에는
주먹만 한 별들이 쏟아진다
지나간 삶의 궤적을 닮은 별똥별 하나
아무 말 없이 스러지고
다시 정적(靜寂)이다
음습한 바람이 불어 이루는 끝없는 운해(雲海)
태백산맥의 굼뜬 손놀림
묵언(默言)의 겨울밤은 깊어 가는데

이제
그에게로 돌아가야겠다

수락산(水落山)

1

나는 아직도 누군가를 열렬히 사랑해 본 기억이 없다
모유를 먹지 못하고 자란 탓일까
오늘은 이사 온 지 6년 만에 수락산을 오른다
이른 봄의 정취를 무기 삼아 한계선 같던
산자락의 약수터를 지나 산정(山頂)을 향해
늘어선 18리터짜리 물통 대열을 젖히고
바가지에 가득 채운 약숫물로 결의를 다지고
신발 끈을 다시금 고쳐 매고
나는 이 산을 오르며 사랑을 배우려 한다
水· 落· 山· 出· *
하늘 땅 그리고 나무들 풀들 길들 흩어진 길들 온통 흩어진 길들
이 길에서 저길로 이 산에서 저 산으로 눈을 돌리듯
눈을 감았다 뜰 때마다 입을 벌릴 때마다
소리 내어 숨 쉴 때마다 일어나는
놀라운 사고의 전환을 꿈꾸며 능선을 따라 오른다
그곳에 다 오를 때까지 갈림길을 만나지 않았으면 하고
약수터에서 만난 초로의 사내가 남긴
넋두리 같은 조언을 내내 떨치지 못하고
—산정까지 한번도 쉬지 않고 오르면 묘지가 보인다니

2

나는 이 산행에서 습관적으로 교훈을 찾고 있다
중학교 1학년 도덕교과서를 읽듯이 퍽퍽한 다리를 두들기며
채 삼십에 미치지도 못한 나이에 비해 너무도 늙어버린
조로하신 고깃덩이를 부축하며
모래알이 알알이 미끄러져 부서지는 바위투성이의
이 바위뿐인 산정에서 나는
끝내 묘지마저도 찾지 못했다
도수가 맞지 않는 안경 탓일까
그곳에서는 보이는 것 외에는
보이지 않는 것은 아무것도 보지 못했다
산은 온통 산이고 안개 너머로 보이는 도시는
여전히 피로에 젖어 있다
거주지는 상계동 병명은 만성피로 증후군
특기 사항 히스테리성 스트레스 동반
나는 다시 그 피로를 향해 당당히 걸음을 재촉한다
아니 돌진한다
깨진 발가락을 달래며 길이 잘못 든 등산화를 탓하며
(나는 아직 이 등산화를 버리지 못했다)

재개발추진위를 결성한 지 삼 년하고 이틀이 지난
연립주택에서는 조모의 부고가 애타게 나를 기다리고
있다

* 水落山出: 물이 빠지면 돌이 드러난다는 말.

카페 재클린

종로구청 앞 청진동은 재개발 중이야
그의 과거는 새벽녘까지 술꾼들의 발길이 끊이지 않던 해장국 골목
달랑 남은 청진옥과 청일옥이 사라지면
교보문고에서 시작된 좁은 피마 길을 따라
두 골목쯤 지나면 이곳이 한때는 유명한 해장국 골목이었다고
관광안내서에 기록될지도 몰라
과거의 영화는 아련한 기억으로 남기 마련이지

낮에는 피마 길을 점령한 오피스텔 공사 현장 타워크레인이 분주하고
밤이면 뒤안길의 카페 재클린이 오늘을 증거하지
이곳에선 얼굴을 제외한 가슴부터 발끝까지 모든 부위가
재클린을 닮은 풍만한 세 여인이 나를 반기지
—내 생각엔 마릴린 먼로를 닮은 것 같은데 상호는 재클린이야
유난히 발목이 가늘어 다리가 왜소해 보이는 마담
어려서부터 그녀의 꿈은 마담이었대
그녀의 숨겨둔 비기(秘器)는 풍만한 젖가슴이 아니야

그윽한 눈빛으로 혹은 애절한 목소리로 그녀의 가슴을 탐하면
터질 듯이 보일 듯 말 듯한 가슴을 풀어헤치지
젖꼭지에 반지를 낀 듯한 젖무덤
그래 피어싱한 유두(乳頭)야
그녀는 되묻지
보이지 않는 곳에 감추어둔 고통의 기쁨을 아느냐고
그래 그런 건 중요치 않아
그녀는 더 깊고 은밀한 곳에 피어싱을 하고 싶어 해
그녀의 가장 깊고 은밀한 곳
세상의 가장 깊고 은밀한 곳
그 중심을 뚫고 싶어 해

그래 가장 어둡고 깊고 음습한 곳을 뚫고 싶어

겨울로 가는 포구

계절이 들고나는 텅 빈 포구에
바람이 일고 파도 거품 가득한데
낡은 선착장 닻줄 기둥에 걸터앉아
나는 기다리네
올 사람 없고 갈 사람 없는데,
벌겋게 바닥을 드러낸 갯가에
다시 물이 들고
바다 새 드문드문 나는
허허로움

멀리 수평선에 걸쳐 있는
섬 같고 배 같은 점 하나
홀로 우두커니 서 있네
날이 저물자
점점 멀어져
영영 돌아오지 않을 것 같은 배가 되었네
어느새 성큼 다가와
가슴속 깊이 움직이지 않는 섬이 되었네

여윈 겨울 샛강에 은빛 노을이 일렁인다

천수만에서

아직 가을은 오지 않았는데
여름이 남기고 간 상처가 곳곳에 패어 있다
천수만 너머 저편에 군락을 이룬 억새들이
씨앗 뭉치를 입에 물고
바람을 따라 출렁이며 위태롭게 몸을 흔드는데
아직 새 떼는 오지 않았다
둥지 잃은 텃새들이 드문 드문 모여
이제 곧 가을이라고 이제 가을이라고
다 잊어버리라고 모두 떨쳐버리라고
비에 젖은 날개를 털고 있다
아, 비린 바다 내음

순천만에서

여름의 끝을 적시는 비를 긋고
저어새 한 마리 하늘로 날다
바람따라 출렁이는 갈대는
그 끝을 알 수 없다
와온포구는 마주선 화포*의 일몰이 그립다
생강을 맞은 염습지(鹽濕地)는
밑둥을 붉게 혹은 검게 내보이고
축축이 젖은 여름,
갈꽃은 쨍하는 볕이 그립다
갈대는 젖은 여름을 벗어 말리고 싶다

* 순천만에 연해 있는 와온마을 대대포구의 동쪽에 와온포구가, 서쪽에 화포가 위치해 있다.

수련

양수리에서 문호리로 가는 물길 위에 난 다리 양편으로
녹색 접시를 가득 띄운 듯이
물 위에 수련들이 군락을 이루고 있는데요
장마 비 잠시 갠 7월 하순 어느 날
화경(花莖) 끝에
흰 듯 연분홍 연꽃이 고개를 들고 웃고 있어요
라디오에선 이제 곧 장마가 끝난다나요
그러면 연꽃도 지겠지요
잠시 눈길이라도 두었다 가야지요
혹여 들국화 필 무렵 따라 피는
철모르는 어리연꽃이라도 볼는지
때 이른 가을꽃 한 송이에 위로라도 찾을는지

분교 아이들

계절의 틈새로 아이들이 쏟아져 나온다
아이들, 뭍으로 간 아이들,
꿈들, 바다로 간 꿈들,
얼굴들, 그리운 얼굴들이
갯바람을 타고 텅 빈 운동장을 가득 메운다

아이 하나
해무(海霧)가 잦아들고
천수만 억새 떼가 유난히 출렁거릴 무렵
안면도에 마실 간 누이는 끝내 오질 않았다
며칠이 지나고
늦은 밤, 술에 취해 돌아온 아버지는
—서산서 버스를 탔다는구먼
　니는 다리를 건너면 안 되어
그리고 두 번의 계절이 더 지났다
찬섬이는 바다로 애꿎은 돌팔매만 날리고
계절의 틈새로
철 이른 새 떼들이 드문드문 무리 지어 밀려오고
수많은 사람들이 또 흘러갔다

아이 둘

12섬 개펄에서 물질하던 여인들이
파도에 뒤집혀 한꺼번에
펄에 묻힌 음력 구월 보름
마을의 기일(忌日)이다
열세 살 송이의 꿈은
황도분교 선생님
날로 줄어드는 아이들 때문에
학교가 없어질까 봐
아이는 제사 때마다
죽은 할머니, 어머니에게 간절히 기도한다
빈 포구에 뜬 늦가을 낮달이 시리다

아이 셋

쉽게 왔다 쉽게 가는 낯선 얼굴들
계절이 변할 무렵
안면도를 찾은 사람들은
바람의 틈새를 따라 황도를 찾는다
아무렇지도 않게

다리를 건너오고 또 건너간다
완이는 자기보다 두 뼘이나 더 큰
짐 자전거를 타고 황도다리로 간다
아이는 좀체 다리를 건너지 못한다.
아니 않는다
한참을 앉았다가
엉덩이의 흙을 툴툴 털고 일어나
왁— 하고 소리 지르면
듣기만 하는 다리 건너 해송들이 약속하고
울컥 몇 해 전 품 팔러 나간 아버지의 얼굴이
석양의 물비늘에 자맥질 친다

분교 아이들은 사람이 그립다

다시 순천만에서

포구는 여름날의 남은 신열(身熱)을 뿜어내고
갈대는 다시 흔들리고 있다
부딪치고 부비는 야윈 몸들
갈대가 이룬 장엄한 혹은 흔들림의 바다
비 내리고 바람 분다
샛강과 습지의 경계
바다와 육지의 경계
여름과 가을의 경계
몸과 몸의 경계
경계와 경계를 가로지르는
젖은 둑 위에
여름은 내내 홀로 저물고 있다
문득 젖은 날개를 접던 저어새 한 마리
부르르 몸을 떤다

석양 무렵의 그대
눈빛은 여전히 형형(炯炯)한데
몸은 영혼은 좀체 움직이지 않는다
염습지에 칠면초(七面草) 한무리 붉게 물이 올랐다

흰 철쭉

금요일 밤 늦게까지
막걸리며 소주며 맥주까지 몸에 쏟아 비우고
의정부행 마지막 전철에 몸을 부렸습니다
도봉역과 도봉산역 중간에 섬처럼 서 있는
우리 집, 한신 아파트 초입에
흰 철쭉 눈부시게 피었습니다.
한동안 한참동안
그 고운 자태에
넋을 잃고 사랑을 읽었습니다

아내는 취한 내 몸의 거죽을 벗기며
도봉산에 홀린 것이라고 두런댔지만
분명 흰 철쭉 그 고운 사연에 홀렸습니다
두 돌이 지난 딸아이가 날마다 새말을 배우듯이
이제야 철 늦은 사랑을 배우나 봅니다

입하(立夏)

담장 너머 다시 꽃이 피었다 지고
산 너머 봄이 머물다 가면
손톱 끝에 봉선화 꽃물
대롱대롱 매달려
아스라이 져 가는데
노을빛 고운 저녁 무렵
바람을 타고
작은 그리움이 큰 그리움을 부른다
작은 슬픔이 깊은 슬픔을 부른다

그리고 혹은 그렇게
여름이 왔다

서리 뒤에 가을꽃

지난 여름, 큰비에
모든 것이 쓸려 간
강원도 태백산 줄기 산골 마을,
개울물길이 바뀌고
옹색한 살림살이 추스른
녹슨 컨테이너 주변에
어느새 찬 서리가 내리고
듬성듬성 가을꽃 피었습니다
줄기따라 갈라진 가지 끝에
간신히 매달린 앙상한 꽃망울
누군가를 위해 꼭 한번 제 몸을 사르는
이곳 사람들의 가슴에 핀 희망입니다

봄나무 아래 가을을 심은 날

봄나무 아래에서 가을을 심었다
움트는 산수유나무 아래
꽃샘추위 들고 난 자리에
단풍나무 몇 그루를 심은 오후
마른 풀 더미 물어 날라
전봇대 작은 구멍에 둥지를 튼
곤줄박이 한 마리 부산하다

그날 밤 때 아닌 큰 눈이 내리다
초봄의 대설주의보,
발목까지 무릎까지 푹푹
둔촌성당을 지나 한산초등학교 운동장을,
일자산을 뒤덮은 백색의 칼끝은
늦은 밤, 내 명치 끝을 겨누고 차오른다

오—오, 어린 봄나무의 숨결은
작은 박새의 둥지는
나의 순정은
때 이른 사랑이었는가 보다
이 눈 그치면

그해 여름

퍽퍽한 하늘 틈새를 비집고 바람이 인다.
잎새들의 가느다란 수런거림
바람에 나뭇가지가 몸서리치는
흔들리는 여름
그 여름의 끝에 그녀는 이별을 얘기했다.
낮은 목소리의 끝은 갈라져 파편이 되어 쏟아졌다.
—이제 그만이라고
여름의 끝에
—이제 이별이라고 정말 끝이라고

나는 고립되어 있었고 그해 여름은 지리했다. 봄부터 가물었고 산 들 그리고 강. 기억이 남은 곳이면 어디든 파헤쳐졌다. 굴삭기와 시추기의 요란한 천공 소리, 풀썩거리는 먼지 아래 마른 대지는 쭈그러든 젖무덤처럼 생기를 잃었다. 짧은 장마 뒤에 태풍도 오지 않았고 큰물도 지지 않았다. 메마른 땅 위에 덧씌워진 아스콘 도로는 눈물처럼 검은 기름을 짜내며 축 늘어져 아이들이 지친 롤러 보드 자국마저 흉터로 떠안았다.

내 육신은 참을 수 없을 정도로 그 여름에 굴욕적이었다. 하여 내내 불안했고 아팠다. 나날이 부풀어가는 배를 쓸어내리며 걸음마를 배우는 아이처럼 뒤뚱거리며, 혹은 휘청거리며, 아침부터 내내 아파트 주변을 맴돌았다.

아, 추국(秋菊)은 언제 피려나

독도 앞 바다에서 만세를 부르면서

뭐라 말을 해야 하나
너무나 낯선 혹은 익숙지 않은
이 선상(船上) 풍경에서
여기는 우리 땅이라고
소리치고 만세를 부르면
응어리진 마음이
뒤틀린 날들이
바로 펴질 수 있을까
이제 와서
내겐 너무나 예쁜— 버리긴 아까운—
국토요 마음이요 그리움이요
절절히 맺히는 아련한 사랑이라고

독도 앞 바다에서
독도 앞 선상에서
고유문(告由文)을 읽고 만세를 부르는데
독도에서 아니 독도 앞에서 처음으로 삼일절 기념식이 열리고 있는데 처음으로 문인들에 의해 처음으로 독도에서 아니 독도 앞 선상에서 격랑(激浪)에도 불구하고

나는 이 낯선 풍경에서
뭐라 말해야 하는지
사랑을 배웠다고
기다리며 참는 인고의 사랑을
쪽빛 동해에 묻어두었다고
그렇게 말해야 하나

독도 앞 바다에서 선상에서
만세를 부르면서
비를 맞으면서

무더위

—선암사(仙巖寺)에서

지금은 순천시가 된 옛 승주땅 조계산에 갔지요
7월의 더위를 핑계 삼아
장마철 사이사이 눅눅한 여름 무더위를 탓하며
사람 손이 덜 탔다는 그래서 옛것이 옛것답다는
—답다는 게 참 중요하게 된 세상이지요
호남의 3암사*
조계산 선암사에 갔지요

발뒤꿈치 치켜들고 하늘을 향해
쭉쭉 치솟은 참소나무 군락을 보고
새삼 감탄사를 연발하며
동행한 이들의 동의를 구하며
산사(山寺) 가는 길을 따라 흐르는 개울을 보고
선운사 가는 길을 얘기하고
—그러면서 샛강, 샛길, 샛눈, 샛문, 샛바람, 샛밥, 샛벽, 샛별, 샛서방, 샛장지 등 '샛-'의 말들을 차례로 생각하고 '틈새'와 '새로움'의 근친성에 대하여 혹은 그 생경함에 대하여……

그렇게 오 리 길을 걸음해 이른

선암사는 확장 공사 중이래요
—동양 최대의 무슨 기념관인가를 짓는대지요 뭐든 최고 혹은 최대로 하지 않으면 안 되는 세상이니까요 괜찮아요 마음 상하지 않았어요 이미 익숙한 풍경이니까요

옛날 선암사 뒤에 두 개의 폭포가 있었다기에
동양 최대로 변신 중인 고찰(古刹) 대신
쌍폭포를 찾아 한참을 더 걸었지요
—도중에 목표가 바뀌는 것은 '최고 최대' 못지않게 낯익은 일이 아닌가요

할아버지 할머니 아니 아버지 어머니 내 나이 적에
무병장수를 기원하며 물줄기에 몸을 맡겼다는
쌍폭포는 끝내 못 찾고
참 맑고 고운 개울을 만나 손 닦고 땀 훔치고
상한 마음도 미련도 씻어 흘려 보냈지요

* 통일신라 말엽인 9세기 후반 도선국사가 호남에 세운 절로 영암의 용암사, 광양의 운암사 그리고 조계산의 선암사를 3암사라 한다.

風磬, 諷經 그리고 風景

봄날 오후 마른 바람을 타고
흔들리는 산사(山寺)의 풍경(風磬)
대웅전 처마 끝에 매달린 물고기가 목마르다 한다
쩍 벌린 입으로 토해 내는 갈증
수백 년 목조건물을 지켜온
드무*는 텅 빈 마른 가슴을 드러내고
몇 해째 은행나무는 열매를 맺지 못했다
물 마른 개울을 따라
듬성듬성 무리 지은 갈매나무 헛개나무
망울진 가지 끝에 걸린 날이
먼 산길 너머로 저문다
어둠을 따라
나무가 잠기고 길이 잠기고
숲이 잠기고 산이 잠기고
선승(禪僧)의 바튼 기침 섞인 풍경(諷經) 소리
봄바람은 목이 마르다

* 목조건물의 화재예방을 위해 문가에 두는 청동 항아리. 문해(門海)라고도 한다.

꽃들, 길 위에 눕다

계절을 한발 앞질러 온 꽃들이 어우러져
산사(山寺)의 긴 침묵을 깨운다
노승(老僧)의 어깨 너머로
고목(古木)이 뿜어내는 꽃망울
청매화 홍매화, 노란 산수유
지천으로 널린 풀꽃들
대웅전을 둘러싼 동백꽃
시샘하여 봄비라도 내리면
꽃들이 길 위에 눕는다

수백 년 혹은 수천 년을 그렇게
늙은 나무들이 피워내는 아름다움

산문(山門)밖이 녹음으로 벌써 푸르른데
계절이 조금 이르면 어떻고
조금 늦으면 또 어떠랴

부끄러움에 대하여

1

며칠째 가쁜 숨을 뿜어대며
물 위로 떠오르던
모래무지는
접시 위에 놓여서야
부끄러움을 안다
벌거벗은 채
조금씩 말라 가는 혹은
죽어 가는 몸은
전신이 부끄러움이다
몸부림칠수록 굳어 가는
그는 말이 없다
초겨울 낮달이 시리다

2

겨울 맞은 산사(山寺)에서
벗은 나뭇가지에 매달린
얼마 남지 않은
나뭇잎들이 위태롭다

낙오된 것은 아닌지
마른 바람에 쿨럭이며
흔들리는 잎새는
차마 신음 소리도 내지 못한다
바람이 불 때마다
풀썩이며 흔들리는
내 몸은 위태롭게 굳어 간다
그러나
부끄러움은 모른다

품

—정릉동 천주교회 성자상(聖子像)

정릉터널을 지나 굽이굽이
정릉길이 솔샘길을 만나는 곳에
흰색 벽돌 건물 성당이 있고
성당 앞에 건축양식을 알 수 없는
3층 규모의 커다란 둥근 돔 위에
성자께서 두 팔을 벌리고 있다

세상에 수고하고 피로하고 그리고 위로가 필요한 모든 사람들아
다 내게로 오라
내 앞을 가로지른 거대한 고가 차도,
차도 위의 자본주의적 존재 양식
그 무한 속도로 인하여
내 더 이상 너희에게 갈 수 없나니
한 발짝도 뗄 수 없나니

가라 80년

지독한 두통이다
숨골 깊숙한 곳으로부터
반듯이 두개골을 가르는 듯한
한동안 잊고 산 탓일게다
그립지만 잊고 싶은 얼굴
혁명과 함께 보내버린 열정
아련한 기억 저편으로 차곡차곡
묻어둔 지난날들
모두를 잃어버린 탓일게다
순정이 덜 가라앉은 탓일게다
이 참을 수 없는 고통
감출 수 없는 부끄러움
이젠 가라
80년
영영 가라
5월에도 끓지 않는 피

야간열차에서 만난 사람

여수행 전라선 마지막 열차
자정을 앞둔 밤 열차는 우울하다
듬성듬성 앉은 사람들을 지나 자리를 찾고
헝클어진 머리를 쓸어 올리고 긴 숨을 내뿜고 나면
일정한 간격으로 덜그럭거리며 출렁이는
리듬을 따라 차창 밖으로 불빛이 흘러간다
강을 건너 한참을 달려도 끝없이 이어지는 야경들,
틈새가 없다
문득 창밖으로
어디서 본 듯한 그러나 낯선 얼굴이
물끄러미 나를 보고 있다
나는 그에게
그는 나에게
무엇인가 할 말이 있는 것 같은데
무엇인가 곧 물을 것만 같은데
정작 말이 없다
흘러간 불빛만큼이나 아득한 지난날들에서
누군가를 찾는데
없다
나도 그도 아무도 없다

문득 대전역에서 뜀박질하며 뜨거운 우동 국물이 먹고 싶다
옛날처럼

첼로를 위한 변명

1

이글거리며 빨갛게 달아오르는 난로와
금방이라도 넘칠 듯이 연신 끓어오르며 굉음을 내는
물주전자가 없는
조금은 우울한 겨울입니다
흉하지 않게 왼쪽으로 약간 기울은
원탁이 있고 그 건너에
그녀가 있고
누런 송아지처럼 껌벅거리는 두 눈이 있습니다
바로크양식의 실내장식과 낯익은 라디에이터가 있고
당차 보이는 그녀의 흰 손에 쥐어진 활이 썩 어울려 보입니다
미끄러지듯 오르내리는 활을 따라
넉 줄의 현에서는
십이음에서 삼십육음, 삼십육음에서 칠십이음으로
현란한 소리의 넘나듦이 있고
그녀의 손에 그 흔한 장식용 반지 하나 없음을 발견하고는
실연을 할 때마다 시를 쓰는
선배를 생각합니다

실 · 연 · 을 · 할 · 때 · 마 · 다 · 시 · 를 · 쓴 · 다 ·

나는 한 편의 시 같은 실연을 꿈꾸며
늘씬한 곡선을 그리는 그녀의 손을 따라
첼로 현의 아슬아슬한 울림을 따라
사랑을 그리고
울림 없는 사랑은 실연을 낳습니다

2

대학 졸업반을 맞는 겨울이었습니다
이름도 아픈 나이 열아홉 적부터
꽃다운 삼 년을 헌신해 온
대학신문 생활을 마감하는 퇴임식이었습니다
너무도 이른 나이에 맞는 물러남이었기에
모두들 술에 취하고 추억에 젖어
회고담을 늘어놓고 젖은 술잔을 돌리고
저마다들 얼큰해질 무렵
'고마움을 기림' 으로 시작하는 기념패를 읽고
선물을 주고받고

의례적인 덕담을 나눈 후
어깨를 걸고 노래를 불렀습니다
내 선배가, 선배의 선배가
그랬듯이 말입니다
—그 유구한 전통은 지금도 생생히 살아 있고 앞으로도 한동안 계속될 전망입니다
더러는 아쉬움을 차마 떨치지 못하고
그때의 객쩍은 무용담을 늘어놓고
취기에 힘입은 노래와 흐느낌이 반복되었고
누군가 다음 술자리를 찾을 무렵
나는 차마 불안감을 떨치지 못했습니다
어쩌면 나의 첫 실연은
여기서 시작되었는지 모릅니다
적어도 내가 없는 대학신문은
상상할 수 없었기 때문입니다
그러나 그날 이후 오늘까지
신문은 한 호도 거름 없이
목요일이면 꼬박꼬박 우편함에 놓여 있습니다
철든 이후 첫 실연이었음이 분명합니다

나의 사랑은 늘 불안했습니다
대개는 시한이 정해져 있거나
실연 내지는 파국을 예정에 둔
그런 어설픈 사랑이었습니다

3
이제 나는 첼로를 위한 변명을 시작합니다
늘 그랬듯이 그녀의
첫 전화로부터 불길한 예감은 시작되었고
그 예감은 빗나가지 않았습니다
이제야 나는 생각합니다
반지 없는 그러나
굳은살이 보기 좋게 밴 손가락이 미끄러져 내리는
네 현의 공명과
카 오디오에서 흘러나오는 케니지 색소폰의 울림에 대하여
대학신문이 아무 일 없이 나오듯
나의 실연에도
일상의 무료함과 그녀의 첼로 연주와 케니지의 색소폰

소리와

그리고 내 보물찾기는 한동안 계속될 것입니다
그가 그랬듯이 실연할 때마다
시를 쓰지는 못해도
반복되는 일상을 따라
앞·으·로·가·압·
하고 말입니다

현대시에는 은유가 사라졌습니다
내 사랑에도 은유가 없습니다

삼척항에서 고래를 보았다

유년 시절 아버지를 따라 부둣가 마을에 살았다
노을이 지고 굴뚝에 밥 짓는 연기가 오르면
아직 놀이를 마치지 못한 아이들은
어둑어둑한 골목에서 남은 이야기를 나누며 아쉬움을 달랬다
항구의 아이들은 세상에서 가장 큰 물고기는 고래라고 했다
동네에서 가장 큰 집만 하다고 아니 그보다 더 크다고 했다
자반고등어와 조린 갈치가 먹어본 생선의 전부였던
내륙의 소도시에서 온 아이는
이내 주눅이 들어 고개를 주억거렸고
집보다 훨씬 더 큰 고래는 좀처럼 어림되지 않았다.

솜털이 덜 가신 열아홉,
정리되지 않은 더벅머리에 빼드렁니 사이로 담배를 꼽아
좌중을 사로잡던 눈가에 웃음 많은 대학신문 선배는
강원도 남쪽 바닷가에서 온 고래라고 했다
수몰지 단양을 가로질러 중선암 계곡에서의 수습기자 수련회

그는 눈석임물이 흐르는 계곡물에
한 시간을 넘게 몸을 담갔다
내내 술을 마셨고 항상 여자가 있었고 또 바뀌었다
—적어도 내가 보는 동안은 그랬고 늘 경이로웠다
신문을 만들 때면 깊이를 짐작하기 어려운 거대한 바다
였고
크기를 알 수 없는 고래와 같았다.
첨예한 떨림들, 기표를 넘나드는 활자들, 거친 숨결들
그런 그가 어느날 돌연 사라졌다 그리고

오늘 다시 바닷가에 섰다
숙소 창문 너머 펼쳐진 비에 젖은 드센 겨울 바다
긴 여행길에 밀려드는 피로
누군가와 나누고 싶은 말들이
외롭게 천장을 맴돌다 흩어진다
텔레비전 위성방송에서는 8피트가 넘는
거구의 레슬러 빅쇼의 '빅쇼'가 지리하게 흘러가고
멀리 칠흑의 바다 위에 뜬 집어등 몇 개
젖은 창가에 표정 없이 떠 있는
홀로 뒤척이는 겨울밤

문득 집채만 한 아니 그보다 더 큰 고래가 번쩍하고 지나간다
예전처럼 다시 무뎌진 내게로
어둠을 너머 여명처럼 그가 온다
오랫동안 잊고 살았던 그가 돌아온다
검은 바다를 건너 가슴속 깊은 곳에서
섬광 같은 것이 불끈
삼척항의 밤을 붉게 물들이며 지나간다

중선암(中仙岩)

그곳엔 얼굴이 있다
존경하는 선배가 애창하던
산장의 여인은
오늘 그의 철없는 아내로 살아 있고
상선암(上仙岩) 가는 길
신선 닮은 바위들마다에는
그리운 얼굴들이 각인되어 살아 있다
도락산장(道樂山莊) 주인 영감 몰래 날라 온
장작으로 지핀 모닥불에 둘러앉아
나발 불던 소주병에
한 편씩의 고백록을 채우던
희미한 얼굴들이
빛바랜 사진첩 속에 살아 있고
사진 한켠에 쭈그려 앉아
못내 서먹스러워 하던
나도 살아 있다
이글이글대는 붉은 숯덩이 틈새로
아버지의 얼굴을 묻어둔 이래
아버지는 아버지로
그들은 그들로

나는 나로 살아 있다

중선암
그곳엔 두고 온 얼굴이 있다

그를 찾아가는 길

진천군 이월리 17번 국도 따라 그를 찾아가는 길
불쑥 얼굴을 내민 목련 두 그루
철 늦게 핀 목련꽃 산산이 잎을 떨구는데
대학 시절 백미(白眉)처럼 뛰어난 문장을 쓰는 이가 되려고
청주 옆 문백(文白)에서 왔다는
신산스러운 세월을 강철같이 살아내던 그가
아프다네요 많이 아프다네요
아주 많이 아파 귀향했대요

더 늦기 전에 얼굴 한번 보러 오라는
그늘 가득한 목소리따라
빛바랜 폐휴지 조각처럼
목련 꽃 뚝뚝 떨구는 날에
그를 찾아가는 길

숨결 같은 봄바람 불 때마다
누렇게 바랜 목련 꽃잎 날리네요
바람이 불면 꽃잎 떨어지고
다시 바람이 불면

하얀 목련꽃 엉엉 울며 다 지겠지요
괜스레 눈가에 물기가 촉촉이 어리는
이 신파 같은 봄날에
철 늦게 찾아와 스칠 듯 지나가는 계절에
차일피일 미루다 더는 미룰 수 없어
그에게 가는데
하필 철 늦게 꽃잎 떨구는
목련 두 그루 좀체 지워지지 않네요

지금은 물에 잠겼을 구단양 수몰다방에서
수몰지를 다 막아설 만큼이나 어깨가 넓었던
중선암 도락산장 계곡에서
술로, 모닥불 가의 정담(政談)으로 밤을 지새우던
장발의 그와 함께했던 날들이
이젠 다시 영영 오지 않겠지만
이렇게 가까스로 의무방어전 치르듯이
다시 그를 찾지 못할지도 모르지만
그래도 그가 오래 살았으면 좋겠습니다
그냥 동시대에 같이 살았으면 좋겠습니다

남성극장에 관한 추억

'사랑과 행복을 드리'는 사당동 태평데파트의 과거는
동시 상영관 남성극장
솜털이 덜 가신 또래 아이들의 할리우드
고등학교를 재수한 근한이, 군인이 되고 싶어 하던 석희,
축구 잘하던 싸움꾼 상식이, 지금은 일식집 요리사가 된 수줍은 많은 우철이,
떠벌이 수근이, 겁 많고 소심한 나
모두의 꿈을 키운 우리들의 아지트
취권의 성룡은, 소화자는 이소룡을 대신한 우리들의 영웅
트로이카 유지인 장미희 정윤희는
그리고 실비아 크리스텔은 갓 수음(手淫)을 시작한 십대들의 연인
로저 무어는 숀 코너리를 이은 우리 시대의 새로운 007
우편배달부가 아닌 포스트맨은 왜 두 번 벨을 누르는지
애마부인(愛馬婦人)은 왜 애마부인(愛麻婦人)인지
아는지 모르는지
그렇게 굳은 얼굴 불행한 군인과 함께 70년대는 불행하게

가고 이마 시원한 새 얼굴의 군인과 함께 80년대가
오고 또 가고
나도 친구도 각자의 길을
가고 남성극장도 신학교(神學校) 시절을 거쳐 태평데파
트의 시절로
사당동 산번지(山番地)들은 대림, 극동, 현대 아파트로

이제 내가 꾸는 꿈은
복고풍(復古風)
희미한 사랑도 추억도 그리움도
재개발할 수 있다면

옛날처럼

옛날처럼, 그들은 그렇게 찾아왔다. 아파트 단지 입구 럭키슈퍼라고 찍힌 하얀 비닐봉투에 담긴 소주 몇 병, 맥주 몇 병. 그리고 위태롭게 삐져나온 과자봉지가 '조심스럽게' 들어가도 되냐고 물었다. 그때처럼. 아침에는 썩 단정했을 감색 싱글 양복이었지만 목단추가 열린 하얀 와이셔츠와 느슨하게 풀어진 넥타이가 그들의 전작을 말해주었다. 십여 년 만이라고 했다. 아니 십 몇 년하고 몇 개월만이라고 했다. 그런 건 중요하지 않았다.

낡은 학교 근처 자취방이었다. 동네 입구 까치상회에서 사온 오뎅을 커피포트에 담가두고 소주잔을 기울이며…… 그 방에선 하룻밤에도 수많은 사람들이 심판대에 올라 신문을 받았다. 더러는 별이 되기도 하였으나 대개는 난도질당해 피투성이가 되고 불구가 되고 혹은 죽었다. 호르헤 루이스 보르헤스가 그랬고 파블로 네루다, 장 폴 사르트르, 사무엘 베케트, 제임스 조이스, 막심 고리키, 오스카 와일드, 월트 휘트먼, 안톤 체호프 혹은 스테판 말라르메나 앙드레 지드 결국에는 헤겔과 마르크스까지도…… (하! 마르크스 너마저도) 우리가 아는 많은 사람들이 무고하게 영문도 모르고 그렇게.

우리 시대가 우리에게 했듯이.

밤마다 혁명이었다.

누군가 모든 사유와 행위는 불온하다고 말했을 때 비로소 우리는 자유로웠다. 아침이면 널브러진 시체 더미들과 함께 우리도 누워 있었다. 반드시 혹은 쭈그리고. 많은 밤들을 좀처럼 바로 눕지 못했다. 체형상 허리가 굽은 탓이라고 그랬다. 아니 말이 굴절된 탓이라고도 했다. 치열한 전쟁 끝에 살아남은 슬픔 때문이라고 그랬다.

어느 날부턴가 나는 그 재판정에 가기를 거부했다.

그리고 십 수년 만에, 그날도 우리는 옛날처럼 밤새 술을 마셨다. 아내가 차려온 과일 조각을 베어 물고 안부를 묻고 객쩍게 사는 얘기를 나누고 술잔을 돌렸다. 누군가 노래를 불렀고 아내는 애들이 깬다고 이웃 사람들이 싫어한다고 기겁을 했으나 우리는 모르는 체했다. 노래가 끝날 무렵 증권시장에서, 벤처기업에서, 회사에서, 거리에서 명멸한 이름 모를 영웅들을 얘기했다. 20세기의 끝과 21세기의 처음에서 원인도 모르고 사라져간 무명의 전사들을 기리는 술잔이 몇 번을 더 돌 무렵 우리들은 하나씩 둘씩 그 밤과 함께 스러졌다. 여전히 바로 눕지 못하고.

어쩌면 우리가 정말 두려워한 것은 다시 만나는 일이었을는지도 모른다.

한 대학교수의 시국선언

그해 봄, 캠퍼스는 최루탄 안개로 자욱했다
눈은 맵고 콧물로 얼굴이 얼룩졌지만
이것이 그 시대를 사는 우리의 숙명 같은 것이라고 믿었다
대학신문 면접장에서 만난 선배는
직선제 천만인 서명운동 용지에 서명할 용기가 있느냐고 물었고, 나는
그 질문의 무게를 가늠하기 어려웠다
수양버들가지에 초록 물이 오를 무렵 총학생회가 부활한다고 했고
다시 한 계절이 지나도 최루탄 연기는 가실 줄 몰랐다
문학개론 시간 안경을 쓴 어눌한 말투의 초로의 사내는
자신을 우리 학년의 지도 교수라고 소개했다
그는 과묵했으나 무심하지 않았고 더러는
정국에 관한 당돌한 질문에 곤혹스러움을 숨기지 않았다
야간대학을 마치고 고등학교 국어 교사를 하며 만학을 했다는 그는
성실했으나 숫기가 없고 수줍음이 많았다

뙤약볕 가득한 열기가 조금씩 식어갈 무렵
한 학교에서 시작된 교수들의 시국선언이
전국으로 전국으로 불길처럼 번져갔다
교정엔 시국선언에 참여한 교수와 그렇지 않은 이만이 남았고
그것이 민주와 반민주를 가르는 중요한 잣대가 되었다
그해 가을이었던가 이듬해 봄이었던가
여전히 최루탄 연기 자욱한 캠퍼스에선
축제가 아닌 대동제(大同祭)가 치러졌고
잔치가 끝나갈 무렵 한 친구가
큰 소리로 그의 이름을 소리쳐 불러 세웠다
　시·국·선·언·도·못·하·는·게·교·수·냐·고
자리는 곧 파장이었고
친구는 모든 게 술 탓이라고 괴로워했으나
이내 시대의 당위라고 의연함을 되찾았다
그날 이후 수줍음 많은 떨리는 목소리도 듣기 어려웠고
그는 좀체 연구실에도 나오질 않았다

그리고 그 후로 발표된 교내외의 모든 시국선언에 혹은 성명에

그의 이름은 빠지지 않았다
그는 모든 선언과 성명에 자신을 빠트리지 말라고
주변에 늘 당부했다고 했다
내용은 중요하지 않았다
그에게는 오로지 참여가 필요했다
그에게는 그날 이전과 이후만이 있었다
그는 그렇게 여전히 성실했고 열심히 살았다

그런 그가 눈을 감고 다시 눈을 뜨지 않는다고
영영 눈을 뜨지 않는다고 부고가 왔다

여름에서 가을로 가는 기차를 타고

여수행 차표를 사 들고 여름에서 가을로 가는 기차에 몸을 부렸습니다. 묵직한 머리를 달래려 잠시 눈을 붙이다가 이내 잘못된 자세 때문에 뻐근해진 목과 어깨를 추스리려 바로 앉았습니다. ― 잘못된 게 어디 자세뿐이겠습니까만은 ― 뒤틀린 목을 추스르려는 부산한 호들갑에 잠이 깬 옆 좌석의 사내는 못마땅한 표정으로 몸을 뒤척이고 그리고 잠시 어색한 침묵이 흐른 후에야 창밖으로 시선을 돌릴 수 있었습니다. 어디엔가 시선을 둘 수 있는 창가에 자리 잡았다는 사실이 새삼 위안이 됩니다.

철로를 따라 반듯이 난 도로, 도로를 따라 늘어선 건물들, 간간이 눈에 띄는 주유소 우체국 큼지막한 광고 간판 ― '베스트 라이프 파트너 ○○생명' ― 내 삶의 최고의 동반자는 누구일까요. 잠시도 멈춰 있지 않고 나로부터 내 눈으로부터 빠른 속도로 멀어져 갑니다. 그 너머 초록빛 들판은 머리끝부터 혹은 발끝부터 조금씩 조금씩 금빛으로 물들어가며 출렁거립니다.

새치라고 우기기에는 너무 많아진 흰머리칼의 번쩍거림. 멀리 보이는 산은 보라고 혹은 이리 오라고 한동안 또렷이 서 있습니다. 가까운 것들은 쉽게 빨리 떠나고 먼 곳의 것들은 오랫동안 나를 지켜봅니다. 나도 그들을 바라봅니다. 그것보라고 어느 곳이든 내 몸 부릴 곳이자 부릴 곳이 아니라고.

울컥 눈물이 납니다. 유난히 말문이 빨리 트인 18개월 난 딸아이가 보고 싶고 늘 담담한 때로는 응석받이인 다섯 살 어린 아내가 그립습니다. 그리고 늘 철없는 막내 동생이 더 이상 밉지 않습니다.

슬픈 겨울

—2002년 12월 광화문에서

그해에는 여름과 겨울만 있었다
초여름부터 광화문에서 시청 앞까지
거리를 가득 메웠던 붉은 물결의 사람들은
종이컵으로 둘러싼 양초를 든 손으로 시린 겨울밤을 밝혔다
오른손에 장검을 짚고 선 이순신 장군이 지키는 세종로
(그는 정말 왼손잡이일까, 그는 왜 세종로에 서 있는 걸까)
그 거리, 여름과 겨울의 경계
들끓는 환희와 일렁이는 슬픔의 첨예한 갈림길

그해 겨울
작은 촛불들이 모여 꽃이 되고 나무가 되었다
모여 더 붉은 꽃이 된 사람들
겨울나무가 된 사람들
작은 꽃들이, 작은 나무들이 이룬
장엄한 겨울의 숲은
옷을 벗고 겨울을 맞았다
바람이 일렁일 때마다
목마른 겨울산은

앙상한 가지들의 바스락거리는 소리로
밤새 쿨럭였다
쿨럭였다
가슴속 깊은 곳으로부터 뱉어 낸
두려움이 부끄러움이 슬픔이 생명이 존엄이
깨어 숲이 되고 바다가 되었다

그해 겨울 나는 혼자였다
홑창을 타고 넘어오는 스산한 한기에 몸을 웅크리고
내 불안은 좀처럼 위로를 찾지 못했다
전에 그랬듯이
어디에도 서지 못하고
나는 내내 혼자였다

그래서 더 비굴한
그래서 더 슬픈
광화문

폭설

눈,

종일토록 내리는 눈

대설주의보

다시 하얀 눈

그리고 대설경보

30여 년 만의 폭설 그 시간의 벽을 뚫고

이제야 그에게로 간다

하늘엔 눈 가득하고

아무것도 보이지 않는, 오늘

너에게로 간다

친구여,

어떤 꽃잎으로 사라진 네 손톱 다시 물들일 수 있을까

어떤 손길로 헝클어진 네 머리칼 쓸어 올릴 수 있을까

어떤 노래로 흩어진 네 마음 다시 어루만져 줄 수 있을까나

일그러진 몸뚱이에 담긴 상처받은 영혼

숨죽인 심장 고동 소리

어느 것 하나 상처가 아닌 게 없음을

어느 것 하나 그리움이 아닌 게 없음을

모두를 한동안 잊고 살았나 보다
하여 친구여
오늘 함께 눈을 맞자
다시 한번 이 눈 속에서 밤새 뒹굴자

아주 오래된 우물

춥지 않은 겨울
(일기예보는 12월에도 최저 기온이 영상인 날씨는 기상관측 이래 처음이라고 했다)
마포와 여의도를 잇는 다리는 오늘도 분주하다
별안간 술렁거리는 마포대교 북단
라디오 방송국 주차장 진입로에 포대를 쓴 채 누운 시신 한 구
수근대는 사람들, 요란한 구급차의 경음
서둘러 쳐진 노란 폴리스 라인
누군가 16층에서 한참을 서성이던
초로의 사내가 몸을 던졌다고 했다
옷자락을 붙잡았으나 역부족이었다고 괴로워하는
그의 손에 들린 남색 오리털 점퍼는 이제 주인을 잃었다
어느새 누군가가 물을 뿌리기 시작했고
다른 이는 연신 모래를 뿌리고 비질을 해댔다

나는 이 거리에서 아주 오래된 우물을 생각한다
유년 시절 외갓집 사랑채 뒤뜰
대나무 밭 가운데 덩그러니 자리한
아무도 가까이 가지 않는

커다란 나무판으로 입을 꽉꽉 틀어막은
녹색 이끼 자욱한 오래된 우물

구성진 아코디언 선율이 흐른 뒤에
스튜디오 주조정실에서 만난 초대 손님은
아방가르드 동양화가
점과 선만으로 세상을 다 담을 수 있다는 그는
단주 후 세상이 달라졌다고 했다
단주후세상이달라졌다고했다
단주후세상이달라졌다고
단주후세상이
단주후

이제는 아무렇지도 않은
도시의 음습한 복원력
이 놀라운 전위성
누군가 피워놓은 향불 하나
계단 창틀 위에서 홀로 제 몸을 태워
쉽게 잊혀진 기억들에 저항하고
작은 항아리는 말없이 분신한 유해를 받아내는데

물을 뿌리고 비질을 하던
청소부할머니의 얼굴엔 표정이 없다

붉게 녹슨 대못, 쇠사슬 그리고 자물통
그렇게 입이 틀어막힌 혹은 닫은
바람 부는 날이면 웅— 웅—
울어내는 대밭에 숨은 아주 오래된 우물은
잊지 말라고 그날을 잊어선 안 된다고
그렇게 쉽게 잊어선 안 된다고
수십 년을 그렇게 울음을 삼키고 살아왔는데
이제 그 오래된 우물을 열어야 할까
그 깊은 우물의 검은 이야기를 잊어야 할까

자살에 관하여

4.19탑 건너 부산횟집
그는 내내 자살에 관하여 말했다
이복형의 자살에 관하여
자신의 자살에 관하여
그리고 한참을 더
황국(黃菊) 오백송이타령을 늘어놓다 고꾸라진 그는
이내 시체처럼 축 늘어져
꼬불어든 혀마저 가누지 못했다
—시월의 밤바람은 때로는 흔근하다

나는 끝내 말하지 않았다
아버지의 자살에 관하여

언제 다시 보자는 말

둔촌시장 어귀에서
오래전 친구를 기다린다
　결혼은 했겠지 그 때 그 여자일까
　아이는, 부모님은, 직장은……
세꼬시 횟집에서 마주 앉은
그의 모습에서 이십 년을 건너 뛴 내 나이를 읽는다
성근 머리칼, 볼록 나온 아랫배, 왜소해 보이는 팔과 다리
아내는 전에 그녀가 아니라고 했고
아이는 둘이고 모두 초등학교에 다닌다고 했고
내내 공부만 하다 지금은 아버지 사업을 돕는다고 했다
그렇게 한참동안 안부를 묻고 술잔을 주고받고
이야깃거리가 마를 무렵 자리를 옮겼다
다시 한참을 기억할 수 없는 수많은 잡담
그리고 언제 다시 보자고
기일 없는 약속을 남기고 발길을 돌린다
높낮이가 평평하기만 하던 일자산(一字山)이
집으로 가려면 이리로 오라고 부른다

문득 사람 만나는 일이 두렵다

그리고 헤어질 때 건네는
언·제·다·시·보·자·
는 말이 나를 더없이 속물이게 한다
둔촌시장 길따라
사람들 사이로 숨고 싶다

내 안의 풀꽃들, 풀꽃들

냉이꽃 무꽃 민들레 제비꽃 노랑할미꽃 나팔꽃 괭이밥 애기똥풀 클로버꽃……

그리고 이름 모를 여러 풀꽃들이 액자가 되어 혹은 단정한 책갈피가 되어 가지런히 앞에 놓여 있습니다.

햇볕에 봄도 시들어 저무는 오월의 비가 온 뒤 하늘이 말갛게 갠 날, 올겨울이면 희수(喜壽)를 맞는 처외할머니께서 불쑥 회사 1층에서 만나자고 전화를 하셨어요. 지난 초봄부터 아파트 화단에서 뒷산 약수터에서 처외할아버지 산소에서 캐고 또 따서 그늘에 말린 풀꽃들로 만든 책갈피와 액자를 옥색 보자기에 담아 오셨지요. 세상은 몰라주더라도 글 쓰는 손주사위 주시겠다고 봄 내내 따고 다듬고 말리고 만든. 찻집에 가면 시간 들고 돈 들어 싫다시며 은행 객석에서 두 손 꼭 쥐시고 매일 새벽 손주사위네 열심히 살라고 빠트리지 않고 기도하신대요. 아침상 늦게 물리셨다고 점심도 마다시고 자리를 털며 지난 겨울 낙상으로 다리 저는 모습을 보이고 싶지 않다며 한사코 저더러 먼저 돌아서라고 하시네요. 오른쪽으로 기우뚱한 걸음걸이로 광화문 지하도로 들어가시는 할머니의 모습이 보이지 않을 때까지 한참을 서 있었어요. 봄 내 할머니의 손에서 놀던 작은 생명들, 이제 마른 풀꽃들의 애틋한 향기가 가슴속에 저리게 움틉니다.

그날 밤 풀꽃 액자를 딸아이의 책상 위에 반듯이 올려 놓았습니다. 어느새 딸아이의 방에는 풀꽃들이 시샘하듯 꽃을 피우고 온기로 가득합니다. 낮에만 잠깐 피었다가 이내 지는 순간의 꽃 괭이밥 한 송이 늦도록 환하게 웃고 있습니다.

어머니, 나흘간의 외출

지방 출장에서 돌아온 날 수화기 저편에서 어머니는 불쑥 20여 일 여정의 제주도 여행 중이라고 선언하셨어요. 목소리가 다소 가라앉았다거나 60중반이 넘도록 혹은 아버지가 돌아가신 지 25년이 넘도록 여행이라면 괜한데 돈 쓰는 일이라고 손사래를 치시던, 회갑 여행마저 사양하시던 이의 여행. 의아하기도 하고 그러려니 싶기도 하고 아니 별일도 다 있구나 했지요.

그리고 다음날 오후 어머니와 휴대전화가 안 된다고, 20일씩 여행 가는 분의 집단속은 잠깐 외출하신 듯하다며 왠지 석연치 않다는 동생의 우려에 배터리가 방전될 수도 있는 일이니 괜한 호들갑 떨지 말라고 당부도 했지요. 또 하루가 다 가도록 휴대전화는 꺼져 있고 불안한 마음이 들기 시작했지요. 여기저기 수소문을 시작하고 경찰서에 문의도 해보고 끝내는 불법이라는 휴대전화통화기록까지 뒤져댔어요. 연락이 단절된 지 나흘 만에 어머니가 계신 곳이 서울 변두리에 위치한 오래된 병원의 정형외과 병동이라는 동생의 다급한 전갈에 발걸음을 서둘렀지요.

고관절 수술을 받은 지 사흘째라네요. 골반과 다리뼈를 잇는 부위가 부러져 인공뼈를 이식하는 수술을 마치고 앞으로 최소 3주는 꼼짝 못하고 누워만 있어야 한다네요.

왜 이런 큰 수술 전에 가족에게 알리지 않았냐는 항의에 사안은 위중한데 바쁜 자식들에 알리기도 마땅치 않고 알리지도 않겠다는 환자의 의지가 워낙 확고해서 그랬다는 정중하지만 싸늘한 답변과 함께 등 뒤로 네 처신이나 좀 똑바로 하라는 따가운 눈초리만 받았지요.

6인용 병실의 한켠에 한참을 우두커니 서 있었어요. 왜 이제야 자식들이 나타났을까 하는 다른 사람들의 의혹과 한심스럽다는 듯한 눈총을 받으며. 환자 용변기를 비우고 돌아오는 내게 '자식들에게 누가 되고 싶지 않아서……' 라고 하는 말씀에 가슴 끝에서부터 치미는 무언가를 힘겹게 다시 삼켰어요. 자식에게 누가 되는 것이 무엇일까요. 내 나이 불혹(不惑)에 가까운데 어머니 나이가 되어야지 알 수 있는 불가해한 것일까요. 누구 못지않게 열심히 살아온 것 같은데 어디서 무엇이 잘못된 것일까요.

새 차 산 날

만 10년이 넘도록 탄 자동차를 바꾼 날 저녁이었습니다. 총각 때부터 결혼하여 두 아이를 유치원에 보낼 때까지 궂은일을 마다하지 않았던 애마를 보낸 서운함은 까맣게 잊고 3년여를 부은 적금에 융자까지 뽑아 새로운 10년을 준비한다고 새 차를 산 기분에 들뜬 그날. 분가 후 한동안 발걸음을 삼가시던 어머니는 유난스레 일찍 오셔 냉장고에서부터 부엌 구석구석에 이르기까지 일제 점검을 시작하시더니 직장에 다녀온 아내에게 제사 수준의 고사상을 명하셨대요. 식구들이 모이고 고사상인지 제사상인지를 들고 엘리베이터에 오른 낯선 풍경을 의아해하는 아래층 통장 아주머니의 눈길에 겸연쩍은 웃음으로 답하고 지하 주차장으로 내려왔습니다. 북어 한마리와 막걸리 한 사발로 형식만 갖추려던 계획은 급기야 지하 주차장의 제의(祭儀)로, 돗자리에 둘러앉은 만찬으로까지 발전했는데. 어머니는 만류에도 불구하고 자동차 보닛을 열어 엔진에 막걸리를 부어가며 정성스레 아들의 무사고와 건강과 화목과 발전을 엄숙히 그리고 간절히 빌었습니다.

그날 밤, 좀처럼 말없고 표정 없이 7년여를 일관하던 아내가 모를 듯한 웃음을 머금고 말을 건넵니다. 나로 하여금 당신을 버리지 않게 조심하라고.

■ 작품 해설

나그네의 눈으로

유종호(문학평론가)

삶을 나그네 길이라 하는 것은 동서남북 어디서나 발견되는 유서 깊은 비유이다. 나그네 길에서 우리가 마주치는 가장 주된 특징은 무엇일까? 그것은 아마도 미지와 우연일 것이다. 조국에서든 타국에서든 우리가 나그네 길에서 보는 것은 전에 본 것과는 다른 길이요 산이요 사람이요 음식이다. 그 길에서 우리가 보게 되고 만나게 되는 것은 모두 우연의 소치이다. 그때 그 길에서 하필 군옥수수를 파는 그 인디오 여인를 만나게 된 것은 우연일 뿐 어떤 의지나 기획의 소산은 아니다. 젊은 날의 여느 하루를 특별한 하루로 만들어준 난만한 복사꽃밭을 먼발치로 바라본 황홀함도 미리 짜놓은 것은 아니다. 사람들은 집을 떠나 나그네 길에 나서고 싶어 한다. 표표한 길손이 되고 싶어 한다. 신선한 미지와 기막힌 우연에 대한 갈구가 가슴을 설레게 하기 때문이다.

나그네 길에 대한 충동은 관광이란 근대적 편의가 보급되면서 비롯된 것은 아니다. 영어 단어에 숨어 있듯이 나그네 길은 옛적엔 그대로 고생길이었다. 고생길임에도 불구하고 미지에 대한 갈망과 우연에 대한 기대가 사람들을 표표한 길손으로 만들었다. 고생길이기 때문에 여행은 동서에서 세계 견학과 인간 수업의 한 방편으로 간주되었다. 귀한 자식에게 여행을 보내라 한 것은 동양의 오래된 지혜였고 배우는 자의 여행길에 동행하는 것은 서양에서 가정교사의 중요 소임 중에 하나였다. 삶 자체가 출발지와 종착지가 있는 여행이기 때문에 우리는 미지와 우연 사이를 김기림의 소학생처럼 기대와 호기심에 차서 항상적으로 걸어가고 있다. 계속 길을 걸어간다는 점에서 사람은 사구(砂丘)를 넘어가는 낙타와 다를 바가 없다. 그것이 따분한 일상의 연속이라 하더라도 길 가기란 점에서 차이점은 없다.

곽효환 시집 『인디오 여인』을 읽으면서 삶이 나그네 길이란 평범한 사실을 다시 실감했다. 한 나그네가 나그네 길에서 보고 듣고 한 것을 세세하게 적고 있고 그것이 그대로 삶의 감개로 이어져 있기 때문이다. 시인은 길을 가며 매사를 눈여겨보고 세목을 빠뜨리지 않는다. 또 길 위에서 들은 얘기를 차곡차곡 챙겨서 알뜰하게 적어놓고 있다. 시인 곽효환은 눈과 귀를 활짝 열어놓고 주목하며 경

청하며 적어두는 젊은 나그네다. 그의 길은 멀리 서반구의 쿠바나 멕시코에서 북쪽의 러시아, 유럽의 파리에서 아메리카의 샌프란시스코까지 뻗쳐 있다. 또 나그네로서 그가 주목한 것은 과거가 묻혀 있는 고대 문명 유적에서 미술관의 그림에 이르기까지 다채롭다. 귀 기울인 뒤에 들려주는 인간극도 러시아의 고려인으로부터 한반도 서남부의 초등학생에 이르기까지 다양하다. 시간적 공간적으로 떨어져 있지만 나그네의 눈과 귀는 특수 속에서 보편을 보고 듣는다. 루브르에서 들은 소리는 그곳만의 옛 소리가 결코 아니기 때문에 이렇게 변용되어 나온다.

한 친구는
한 해하고 두 계절이 지나도록 소식이 없고
다른 친구는
햇볕이 수상쩍다며 몇 달째 술에 절어 있다
그들은, 나는
방치되어 있다

불러다오
이 지긋지긋한 화창한 가을날들로부터

—「불러다오」에서

'브뢰헬의 그림'을 보며 나그네가 듣는 소리도 16세기 르네상스 시대 특정 계층의 목소리로 머물러 있지 않다.

그것은 세월을 넘어선 목소리요 비주류 국외자가 주류에게 보내는 조용하나 결연한 항변의 목소리다. 그것은 세계로 퍼져나가는 파문이요 메아리다. 나그네는 그것을 이렇게 적고 있다.

> 제발 그런 눈으로 보지 마세요
> 당신이 일을 마치고 귀가하듯이
> 저녁을 먹고 산보를 하듯이
> 화창한 오후 한때 시장에라도 둘러볼 요량으로
> 우리도 사육제에 가는 길이에요
>
> —「거지들」에서

나그네는 모스크바 노보데비치 수도원 묘지에서 본 고골리와 마야코프스키의 묘를 얘기하고 고리키세계문학연구소 소속 고려인 노교수의 일생을 축약해 들려준다. 아르바트 거리에서 만난 레닌 분장의 사내와 초여름에 털모자를 들고 호객하는 청년들을 얘기한다. 또 학생의 지탄을 받은 뒤 내용에 상관없이 모든 시국선언에 서명하는, 이제는 고인이 된 80년대의 대학교수를 얘기한다. 그러다 나그네는 길을 잃기도 한다.

> 3월에 큰 눈이 내린 후
> 황새 한 무리 길을 잃었다
> 검고 흰 날개를 펴고

철원평야를 건너 순담계곡을 배회하다
날개를 접었다
바이칼 호가 아득하다

나도 어딘가에 길을 잃고 버려지고 싶다
아득히 잊혀지고 싶다.

—「길을 잃다」 전문

나그네가 가장 아파하는 것은 그러나 나라 안에서 보고 들은 것에 대해서이다. 폐차 직전의 차를 몰고 있는 모스크바의 택시 운전수나 옥수수를 파는 인디오 여인이나 스스로 자유롭다고 얘기하는 쿠바인들을 말할 때의 나그네가 매정하고 비정한 것은 아니다. 연민감 섞인 착잡한 심경을 감추지 않는다. 그러나 시골길에서 들은 얘기를 전할 때, 또 정릉동 천주교회 성자상을 볼 때 나그네 시인은 한결 숙연해지고 결연해지는데 크게 내색은 하지 않는다. 그래서 더 가슴에 근접해 온다. 언뜻 소박해 보이지만 우리 시대에 대한 날카로운 비판을 담고 있는 시편이다.

해무(海霧)가 잦아들고
천수만 억새 떼가 유난히 출렁거릴 무렵
안면도에 마실 간 누이는 끝내 오질 않았다
며칠이 지나고
늦은 밤, 술에 취해 돌아온 아버지는

—서산서 버스를 탔다는구먼
  니는 다리를 건너면 안 되어
그리고 두 번의 계절이 더 지났다

—「분교 아이들: 아이 하나」에서

세상에 수고하고 피로하고 그리고 위로가 필요한 모든 사람들아
다 내게로 오라
내 앞을 가로지르는 거대한 고가 차도,
차도 위의 자본주의적 존재 양식
그 무한 속도로 인하여
내 더 이상 너희에게 갈 수 없나니
한 발짝도 뗄 수 없나니

—「품」에서

나그네는 당연히 천수만에서 군락을 이룬 억새에 감탄하고 길 위에 누운 꽃들에 감동한다. 그러나 인간사가 빠진 자연이란 없는 것이다. 인간사의 정한(情恨)과 애환이 있기 때문에 자연의 변화하는 모습이 다가오는 것이다. 빈 골짜기의 발자국 소리라는 뜻의 공곡(空谷)의 공음(跫音)이란 말이 있다. 산속에 숨어 사는 은자(隱者)도 사람이 그립고 발자국 소리를 기다린다는 뜻이다. 성취도에서 가장 빼어난 시편의 하나인 가령 「야간열차에서 만난 사람」도 그러한 사람 그리움을 인상적으로 보여주고 있다.

그래서 결국 나그네는 친구와 가족들 곁으로 돌아온다. 현주소에서 나그네는 눈부시게 핀 흰 철쭉에서 사랑을 발견한다.

항아리 같은 하늘에는
주먹만 한 별들이 쏟아진다
지나간 삶의 궤적을 닮은 별똥별 하나
아무 말 없이 스러지고
다시 정적(靜寂)이다
음습한 바람이 불어 이루는 끝없는 운해(雲海)
태백산맥의 굼뜬 손놀림
묵언(默言)의 겨울밤은 깊어 가는데

이제
그에게로 돌아가야겠다

—「다시 무건리(無巾里)에서」 중

아내는 취한 내 몸의 거죽을 벗기며
도봉산에 홀린 것이라고 두런댔지만
분명 흰 철쭉 그 고유 사연에 홀렸습니다
두 돌이 지난 딸아이가 날마다 새말을 배우듯이
이제야 철 늦은 사랑을 배우나 봅니다.

—「흰 철쭉」에서

나그네 시인이 지리적 이동 위주의 나그네 길에만 매달리는 것은 아니다. 사람을 나그네 길로 나서게 하는 것은 미지와 우연에 대한 호기심이다. 그 호기심은 왕성할 때 지적 정열이란 형태를 취하기도 한다. 지적 정열은 사람을 내면의 나그네 길로 나서게 한다. 두 길은 흔히 나란히 평행선을 긋는다. 그가 내면의 나그네 길에서 보고 들은 것은 바깥 세계의 길에서 보고 들은 것 못지않게 심란한 것이다. 그래서 그는 이렇게 인생 감회를 축약한다.

> 사내는 일생을 방황하거나 눈멀고
> 몸뚱이와 마음이 피폐해진 채로 죽어갔다
> 더러 어렵게 고향으로 돌아가기도 했으나
> 환영받기보다는 의지할 곳을 찾지 못하고
> 비루하게 생을 마감했다
> 여인들은 막연한 기대 속에
> 외롭고 쓸쓸하게 혹은 처연하게
> 오늘같이 눈이 푹푹 내리는 겨울밤에
> 누군가를 기다리다 시들어갔다
>
> —「서사시 읽는 겨울밤」에서

위에서 보았듯이 시인이 바깥 세계와 마음 세계의 나그네 길에서 보고 들은 것은 대체로 비관적인 것이다. 어차피 삶은 장미가 뿌려진 탄탄대로가 아니다. 문명의 기록치고 야만의 기록 아닌 것은 없다고 하는 것도 선행 나그네의 지혜의 전언이다. 그런 줄 번연히 알면서도 보다 나은 삶과 세계를 꿈꾸며 삶의 나그네 길을 터벅터벅 걸어가는 것이 사람의 일이다. 사람 노릇하기는 쉽지 않지만 세상을 등지기는 더욱 어렵다. 곽효환 시집을 읽으면서 삶이 나그네 길이고 시인 또한 바깥 세계와 마음 세계의 나그네임을 우리는 다시 확인하게 된다. 이 젊은 나그네 시인의 눈길과 말 다루기 솜씨가 어떻게 변하고 바뀌질까? 그것이 내게는 궁금하지만 우선은 첫 솜씨를 음미하고 헤아리는 것이 독자들의 소임이요 재미일 것이다.

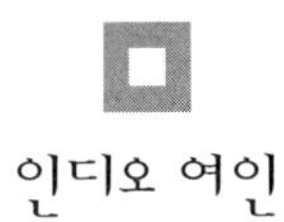

인디오 여인

1판 1쇄 펴냄 2006년 5월 26일
1판 3쇄 펴냄 2012년 10월 18일

지은이 곽효환
발행인 박근섭, 박상준
편집인 장은수
펴낸곳 (주) 민음사

출판등록 1966. 5. 19. 제16-490호
서울시 강남구 신사동 506번지 강남출판문화센터 5층 (우)135-007
대표전화 515-2000 / 팩시밀리 515-2007
www.minumsa.com

ISBN 978-89-374-0743-7 03810